KB260856

**천산도객**

오채지 新무협 판타지 소설
FANTASTIC ORIENTAL HEROES

# 천산도객 6

오채지 新무협 판타지 소설

초판 1쇄 찍은 날 § 2009년 8월 28일
초판 1쇄 펴낸 날 § 2009년 9월 4일

지은이 § 오채지
펴낸이 § 서경석

편집장 § 문혜영
편집책임 § 정서진
편집 § 문정흠

펴낸곳 § 도서출판 청어람
등록번호 § 제1081-1-89호
등록일자 § 1999. 5. 31
어람번호 § 제2-1809호

주소 § 경기도 부천시 원미구 심곡2동 163-2 서경B/D 3F (우) 420-822
전화 § 032-656-4452  팩스 § 032-656-4453
http://www.chungeoram.com
E-mail § eoram99@chollian.net

ⓒ 오채지, 2009

ISBN 978-89-251-1916-8  04810
ISBN 978-89-251-1759-1 (세트)

# 천산도객 天地劍

**6**　오채지 新무협 판타지 소설

FANTASTIC ORIENTAL HEROES

천하의 주인이 바뀌다

도서출판 청어람

第一章
철갑기마대

天山刀客

그날은 생각보다 빨리 왔다.

번쩍이는 갑옷에 돌격용 장창을 들고 검은 전마(戰馬)를 탄 철갑기마대의 위용은 가히 위압적이었다.

그들이 열을 지어 항주 시내를 관통하던 날 항주의 협객들은 모두 죽었다.

백주에 마인들이 활보를 하는데도 항거를 하는 이는 단 한 명도 없었으니까.

심지어 관부에서조차도 어떠한 조치를 취하지 않았다.

도검을 든 무림인들이 삼삼오오 무리를 지어 돌아다니는 것과는 차원이 달랐다.

관과 무림은 서로 간섭을 하지 않는다는 암약이 있다지만, 무려 오백에 육박하는 기마병들이 입성을 했는데도 모른 척한다는 건 분명 문제가 있었다.

더구나 철갑기마대의 전신인 요동별기군은 엄밀히 말해 탈영병이 아닌가.

이를 두고 지방의 유력한 군벌과 마도가 모종의 밀약을 맺었다는 소문이 무성했다.

이쯤 되니 사람들은 공포에 떨었다.

민초들의 머릿속에 각인된 마인은 어린아이의 간을 빼먹고 동녀(童女)를 잡아들이며 살인을 밥 먹듯이 일삼는 이들이다.

그런 자들이 항주 대로를 활보하니 두렵지 않을 수가 없었다.


장산벽은 항주를 동과 서로 가로지르는 대로에서 말을 멈췄다.

저만치에서 마차 한 대가 적당한 속도로 달려오고 있었기 때문이다.

뒤를 따르던 도귀가 손을 높이 들어 올리자 오백의 철갑기마대도 일제히 멈춰 섰다.

정확하게 말하면 육백이다.

철갑기마대의 앞쪽에서는 자유로운 복색의 멸천대 일백이 있었으니까.

잠시 후 마차가 장산벽의 앞에서 멈추었고 아리따운 여인

하나가 차양을 걷고 나왔다.

그녀는 공손한 걸음으로 몇 발자국을 옮겨온 다음 허리를 숙였다.

"강동 총타주 단소운, 멸천대주를 뵙습니다."

"단 매, 오랜만이구나."

누이라고 불러주는 장산벽의 다정한 목소리에 단소운은 가슴이 따뜻해졌다.

장산벽과 그녀는 어린 시절부터 함께 자란 사이였다.

평소에는 오라버니라고 불렀지만 지금은 강동 정벌대의 수장으로 온 사람.

사사로운 감정으로 그의 위엄에 상처를 입혀서는 안 된다.

"항주 입성을 축하드립니다."

"한데 어찌하여 혼자지?"

장산벽의 얼굴이 약간 일그러졌다.

단소운에겐 언제나 그림자처럼 붙어 다니는 다섯의 고수가 있어야 했다.

호교오군.

그들의 임무는 목숨이 붙어 있는 한 단소운의 곁을 지키는 것이다.

그런 호교오군이 보이지 않는다는 것은 죽었다는 것을 의미했다.

감히 어떤 자들이, 십종가라는 뒷배가 아니더라도 호교오군을 상대할 만한 고수는 천하를 통틀어 그리 많지 않거늘.

"야천왕이라는 그 늙은인가?"

애초 단소운은 야천왕을 설득하여 항주의 흑도들을 포섭하기 위해 보내졌다.

그러니 장산벽이 그렇게 생각하는 것도 무리는 아니었다.

"정확하게는 금룡문의 장제자입니다."

"……!"

잠시 고요한 술렁임이 파도처럼 번져 갔다.

장산벽의 뒤에는 용 같고 범 같은 사내 아홉 명이 있었다.

그들이 말을 몰아 장산벽와 어깨를 나란히 했다.

멸천대든 철갑기마대든 전시의 위계질서는 군문의 그것처럼 엄격하다.

강동 정벌의 총책임자인 장산벽과 어깨를 나란히 한다는 것은 그들의 지위 또한 범상치 않음을 말해주는 일이었다.

단소운은 그들을 향해서도 일일이 포권을 했다.

강동 총타주의 허리를 숙이게 만들 수 있는 사람은 그리 많지 않았다.

하지만 그들이 구마종의 진전을 이은 설산구룡이라면 다르다.

단소운 역시 구마종 중 한 사람인 녹수파파의 진전을 이었지만 한 가지 면에서 저들과 달랐다.

단소운의 경우 무맥만 이은 반면 저들은 순수한 혈통까지

이었다.

그 차이는 하늘과 땅만큼이나 컸다.

유일하게 그 차이를 느끼지 않게 해준 사람이 바로 장산벽
이었다.

때문에 단소운은 어려서부터 장산벽을 유독 따랐다.

그녀에게 장산벽은 신앙이자 영웅이었다.

"호교오군이 한 사람에게 당했단 말이냐?"

호방한 인상에 강인한 턱 선을 지닌 사내가 물었다.

설산구룡 중 맏형 격인 금마도(金魔刀) 오인강이었다.

황금빛 보도 한 자루로 요동의 기마민족 전사들을 벌벌 떨
게 만든 철의 무인.

"여러 사람이 있었지만 그 한 사람과만 손속을 나누었으니
그렇다고 할 수 있습니다."

단소운의 거듭되는 확인에 설산구룡은 의아한 낯빛을 했다.

호교오군은 그렇게 죽어서는 안 되는 사람들이었다.

적어도 듣도 보도 못한 문파의 제자 따위에게는.

오인강은 고개를 돌려 장산벽에게 물었다.

"그가 그렇게 강한가?"

장산벽이 황하에서 천산도객과 부딪친 적이 있으니 묻는
것이었다.

그때 장산벽이 패한 걸 알면서도 굳이 묻는 것은 일부러 그
를 자극하는 것이었다.

물론 오인강에게는 물을 만한 자격이 있었다.

그는 장산벽보다도 다섯 살이나 많았으며 십종가의 후기 지수들 중 가장 맏형이기 때문이었다.

더불어 그는 장산벽의 유력한 경쟁자였다, 아직까지는.

"좋은 적수인 것만은 분명하지요."

장산벽의 입가에 미소가 어렸다.

마치 사냥감이 강하면 강할수록 흥분된다는 듯.

장산벽이 다시 단소운에게 물었다.

"야천왕을 포섭하는 건 실패했겠군. 그런 건가?"

"바로 그 야천왕을 포섭하는 과정에서 호교오군이 당했습니다."

죽은 자가 생겨났으니 실패한 건 당연했다.

"하면 야천왕은 누가 대적했지?"

"저의 사부님께서……."

단소운의 입에서 사부라는 말이 나오는 순간 일절 요동이 없던 설산구룡에 이어 장산벽까지 놀란 표정을 감추지 못했다.

단소운의 사부인 녹수파파는 구마종의 한 사람이다.

그런 거물까지 가세했는데도 야천왕을 포섭하지 못했다면…….

"설마, 대고(大姑)께서 지기라도 하셨단 말이냐?"

대고는 녹수파파를 높여 부르는 말이었다.

단소운은 잠시 침통한 표정을 짓더니 힘겹게 말했다.

“그렇습니다.”

“……!”

사람들의 표정이 더욱 딱딱하게 굳었다.

녹수파파는 십종가 내에서도 열 손가락 안에 꼽히는 강자였다.

항주의 북망동에 정체를 알 수 없는 강자가 웅크리고 있다는 말은 들었지만 그 정도일 줄이야.

“대고께서는 지금 어디 계시느냐?”

“사부님께선 사천으로 향하셨습니다.”

“사천?”

“이번 항주행도 사천으로 가는 중에 제자의 안부가 궁금하여 잠시 들른 것입니다.”

“육사자는?”

육사자는 지옥혈마를 일컫는 말이었다.

“그는 금룡문의 넷째 제자와 일전을 겨루다 중상을 입고 요상 중에 있습니다.”

“이런 멍청한! 그놈의 금룡문이 어떤 곳이기에 번번이 망신을 당한단 말이냐!”

버럭 소리를 지른 사람은 오인강이었다.

장산벽에 이어 지옥혈마까지 두 번이나 금룡문 사람들에게 패한 것을 은근히 질책하는 말이었다.

당연히 장산벽의 기분이 좋을 리가 없었다.

그런데도 그는 일절 속내를 겉으로 드러내지 않았다.

"송구하옵니다."

단소운이 몸 둘 바를 몰라 하며 연방 허리를 숙였다.

"네 탓이 아니니 그렇게 미안해할 것 없다."

장산벽은 한차례 단소운을 두둔한 다음 말을 이었다.

"야천왕은 뭐라고 하던가?"

"항주에서 무엇을 하든 상관하지 않겠다고 했습니다. 단, 북망동에 들어오는 순간 단 한 명도 살아서 나가지 못할 거라고 했습니다."

"늙은이가 제법 자신만만하군."

말을 하고 나선 사람은 오인강이었다.

요동별기군을 이끌고 장장 십 년 동안이나 용맹무쌍한 기마민족의 전사들을 토벌한 그였다.

항주의 모처에 강호의 기사라는 북망동이 있고, 그곳에 정체를 알 수 없는 강자가 웅크리고 있다고 해서 두려워할 그가 아니었다.

"장 제, 내게 한나절만 시간을 주게. 당장 북망동을 쓸어버린 후 그 노망난 늙은이를 끌고 오겠네."

하지만 장산벽의 생각은 조금 달랐다.

"관여하지 않겠다면 지금으로선 굳이 타초경사(打草驚蛇)의 우를 범할 필요는 없겠지요."

"무슨 소리! 한달음에 북망동을 친 후……."

"제가!"

장산벽의 목소리에 한기가 서리는 걸 알아차린 오인강이 즉시 말을 멈추었다.

"강동 정벌대의 수장이라는 사실을 잊지 않으셨으면 합니다."

철갑기마대의 대주 오인강과 멸천대의 대주 장산벽의 눈에서 동시에 불꽃이 튀었다.

불과 한 달 전까지만 해도 두 사람의 지위는 동일했다.

하지만 철갑기마대와 멸천대를 합쳐 강동 정벌의 대업을 한 사람에게 주며 그 균형이 깨졌다.

장산벽이 강동 정벌대의 수장으로 임명된 탓이다.

이는 십종대가주의 무맥을 이었다는 장산벽의 출신과 신분 때문이라는 것이 오인강의 생각이었다.

오인강은 잠시 눈썹을 바르르 떨더니 말했다.

"내가 조금 과했군."

"인강 형님은 언제나 그 담백한 성격이 좋습니다. 평생 그렇게만 사시면 천수를 누리는 데 지장이 없을 겁니다."

웃는 얼굴로 말하지만 속뜻은 서슬이 시퍼런 경고였다.

만에 하나 지금의 위치에 만족하지 못하고 조금이라도 과욕을 부렸다간 제 명에 죽지 못할 거라는 경고.

오인강은 딱딱하게 굳은 얼굴로 물러났다.

그의 곁에 있던 설산구룡 모두가 오인강과 함께 말을 몰아 뒤편으로 물러났다.

설산구룡은 요동에서 철갑기마대를 이끌며 십 년을 함께한 전우들이었다.

장산벽은 모르는 척 단소운에게 다시 물었다.

"항주에 문파가 몇 개나 있지?"

"정식으로 문파의 이름을 내건 곳은 서른 곳 정도입니다. 다만 어지간한 문파보다 무력이 강한 무관들도 꽤 되는지라 그런 곳까지 합하면 오십여 곳 정도 됩니다."

"오십여 곳이라… 생각보다 많군."

"항주무림이 지닌 특수성 때문이지요."

장산벽이 손짓을 하자 그의 뒤에 시립해 있던 험상궂은 사내들 중 한 명이 튀어나왔다.

족히 백 근은 되어 보이는 쇠도리깨를 들고 있는 육 척의 거한이었다.

그는 멸천대의 이조장 광견(狂犬)이었다.

뒷골목 파락호에게나 어울릴 흔하디흔한 별호였지만 그를 가장 잘 표현할 수 있는 별호가 광견밖에는 없었다.

사납기로는 미친개를 능가하며 한 번 물면 절대 놓질 않는 사내.

그는 멸천대의 조장들 중에서도 가장 성질이 포악하기로 유명했다.

"앞으로는 이조가 총타주를 호위한다."

“존명!”

광견이 즉각 대답을 한 후 자신의 뒤를 향해 고갯짓했다.

그러자 백 명의 멸천대 중 십여 명이 재빠르게 무리에서 빠져나온 후 단소운의 뒤로 붙었다.

광견이 그들을 이끌었음은 물론이었다.

“이렇게까지 하지 않으셔도…….”

장산벽의 배려에 감복한 단소운의 목소리가 미세하게 떨렸다.

그러나 장산벽은 개의치 않는다는 듯 다른 말로 화제를 돌렸다.

“연회를 열어야겠다.”

뜻밖의 말에 단소운은 어리둥절해했다.

난데없이 연회라니.

“광견과 함께 항주의 문파들을 빼놓지 말고 방문하라.”

“방문이라 하심은?”

“각 문파의 문주는 금일 자시까지 구룡장에서 열리는 연회에 참석하라고 일러라.”

그제야 단소운은 장산벽의 심중을 알아차렸다.

“금룡문은 어찌할까요?”

“내가 뭐라고 그랬지?”

“항주의 문파들은 빼놓지 말고 초청하라 하셨습니다. 제가 그만 실수를…….”

단소운은 허리를 굽혀 인사를 한 후 광견과 함께 사라졌다.
그들이 사라지고 난 뒤 도귀가 장산벽에게 다가와 물었다.
"어찌할 셈이십니까?"
"지금까지 그랬던 것과 같다."
"하면?"
"먼저 힘을 보여주고 항복을 받아낸다. 그리 알고 준비하라."
"존명!"

멀리서 이 모습을 지켜보던 이들이 있었다.
빼꼼 열린 문틈으로 고개만 쑥 내밀고 있는 세 개의 얼굴은
맨 아래가 들창코였고, 가운데가 뱁새눈이었으며, 맨 위는 늙
수그레한 늙은이였다.
이들은 각각 공춘보와 하풍달, 다루가의 천 노인이었다.
어수선한 시절로 인해 술 생각이 간절했던 공춘보와 하풍
달이 시내로 내려왔다가 그만 항주로 입성하던 철갑기마대와
떡하니 마주친 것이다.
놀란 두 사람이 헐레벌떡 뛰어들어 간 곳이 평소 알고 지내
던 천 노인의 다점이었다.
"뭔가 달라진 것 같지 않아?"
"뭐가 말이오?"
"장산벽 저놈 말이야. 뭐랄까, 위엄이 좔좔 흐른다고나 할까?"
"그거야 멸천대에 이어 철갑기마대까지 대동하고 나섰으

니까 그렇지.”

“그게 아니야. 확실히 뭔가 달라졌어.”

공춘보와 하풍달의 대화에 천 노인이 끼어들었다.

“그나저나 저놈들이 항주무림의 인사들을 모두 구룡장으로 모이라고 한 것 같은데, 내가 잘못 들은 게 아니지?”

“확실히 그랬습니다. 저도 들었어요.”

하풍달이 말했다.

“구룡장주의 의사도 묻지 않고 자기 마음대로 오라는 건가? 저거, 웃긴 놈일세.”

“벌써부터 점령군 행세를 하려는 거지요.”

“구룡장주가 순순히 장원을 내줄까?”

“순순히 내주지 않으면 어쩌겠어요? 본가인 남궁세가조차도 백기투항을 한 마당에.”

“글쎄, 구룡장주도 워낙 강골이어서 말이지. 일전도 치르지 않고 문을 열어주는 건 무인으로서 치욕 중의 치욕인데, 그걸 감당하려 할까. 왠지 불안하군, 불안해. 쯧쯧쯧.”

천 노인은 앞으로 벌어질 일이 짐작되는 듯 자신도 모르게 계속 혀를 찼다.

그때 공춘보가 갑자가 문을 열고 나가 철갑기마대의 뒤를 따라가려는 것이 아닌가.

“지금 뭐 하는 거요?”

깜짝 놀란 하풍달이 공춘보의 옷자락을 잡으며 물었다.

"보면 몰라? 놈들의 뒤를 밟으려는 거잖아."

"그러니까 왜 그런 말도 안 되는 짓을 하려느냐, 이 말이오."

"궁금하니까."

"으이그, 내가 말을 말아야지 진짜."


＊　　　＊　　　＊


구룡장은 항주를 대표하는 대장원답게 오만 평의 대지 위에 지어졌다.

높다랗게 솟은 담장으로 둘러싸인 구룡장은 그 자체가 성을 방불케 했다.

구룡장주 공도명은 장원 안쪽 높다랗게 솟은 누각에서 바깥을 내려다보고 있었다.

그가 보고 있는 것은 정문 앞에 도열한 오백 명의 철갑기마대였다.

돌격용 장창에 완전무장을 갖춘 정예의 무인들.

평범한 병졸들도 저렇듯 다듬어놓으면 용병(勇兵)이 될 것이다.

하물며 요동을 질타하던 악명 높은 기마병들임에야 두말할 것도 없었다.

게다가 그 전신이 마도의 타격대가 아니던가.

또한 오백의 기마병 외에도 자유로운 복색에 험상궂은 무인 일백도 있었다.

저들이 그 유명한 멸천대임은 굳이 말하지 않아도 알 수 있었다.

구룡장이 지금 전력의 열 배가 넘는다고 해도 파도처럼 밀려드는 저들을 막을 수는 없을 것이다.

이미 신창양가에 이어 본가인 남궁세가가 무너진 것만 봐도 알 수 있지 않은가.

그럼에도 불구하고 순순히 문을 열어줄 수는 없었다.

무인의 신념은 목숨과도 같은 것.

싸워보기도 전에 문을 열어 저들을 맞이한다는 것은 한평생 정도를 걸어온 자신의 과거를 통째로 부정하는 것이었다.

지금 순순히 굴복한다면 후일 그가 협의를 외칠 때 누가 들어주겠는가.

"조카와 형수님을 피신시키는 것이 어떻겠습니까?"

쉰의 나이를 앞두고 있는 총관 묵광이 말했다.

그로부터 조카와 형수라는 말을 들을 수 있는 사람은 각각 한 명씩밖에 없었다.

바로 공화연과 장주의 아내인 화씨 부인이다.

삼십여 년 전 구명지은의 은혜를 갚겠다고 찾아와 스스로 종이 되기를 청했던 사내.

하지만 공도명은 그를 형제로 대했고 이십 년이 지난 후에는 총관의 자리에 임명했다.

그런 묵광에게 공화연이나 화씨 부인은 피붙이나 다름없었다.

"혈족을 빼돌리고 다른 사람들에게는 항전을 명하라는 말인가?"

"저들은 흉악한 마인들입니다. 만에 하나 패한다면 화연이와 형수님께서⋯⋯."

묵광은 차마 다음 말을 잇지 못했다.

철갑기마대가 남하하면서 벌인 만행은 차마 입에 담기가 두려울 지경이었다.

마을을 약탈하고 여자들을 겁간했으며 장정들을 징집해 짐을 나르고 군막을 짓게 했다.

말자하면 점령군의 약탈과도 같은 것인데, 모두가 병사들의 사기를 진작한다는 명목하에 저질러진 일이었다.

아무리 마인이라도 해도 저들 역시 무인이거늘, 어찌 이럴 수 있단 말인가.

마도대종사가 살아 있을 때만 해도 저들이 이렇게 만행을 저지르지는 않았다.

결국 결과가 과정을 합리화시킨다는 건가.

공도명은 조용히 고개를 돌려 공화연을 바라보았다.

"두려우냐?"

"⋯⋯."

공화연은 선뜻 대답을 하지 못했다.

그녀 역시 무가의 여식이다.

이제껏 무인들의 이런저런 싸움을 숱하게 보아왔지만 지금은 그때와 달랐다.

천하를 야금야금 집어삼키고 항주까지 내려온 마귀들.

그런 자들이 오백 명씩이나 정문 앞에 도열한 걸 보고도 두렵지 않다면 거짓말이다.

"저들을 막아낼 수 있을까요?"

공화연이 조심스럽게 물었다.

아비의 질문에 자신의 감정을 에둘러 말한 것이다.

"용기란 두려워하지 않는 것이 아니라 두려움을 이기고 맞서는 것이다."

"남궁세가도 하루 만에 무너졌다고 들었어요."

"구룡장은 남궁세가가 아니다."

"아버지?"

"구룡장은 오랫동안 남궁세가의 외장이었다. 하지만 난 한 번도 내가 남궁가주의 가신이라는 생각은 해본 적이 없다."

"……?"

"고목의 뿌리는 종종 먼 곳까지 뻗어 전혀 새로운 곳에서 줄기를 자라게도 한다. 구룡장이 비록 남궁세가에 뿌리를 두고 있다고는 하나 언젠가는 공가장이라 불리길 원했다. 이제 그때가 왔다."

공화연은 이해할 수가 없었다.

처음부터 이럴 생각이었다면 차라리 금룡문과 손을 잡는 것이 낫지 않았을까?

공화연이 그 이유를 물으려고 하는 순간 바깥에서 목소리가 들려왔다.

"난 요동별기군을 이끄는 오인강이오. 항주에 고인이 계시다 하여 뵙고자 하니 부디 물리치지 않으셨으면 하오."

옆 사람에게 이르듯 차분한 음성이었으나 장원에 있는 누구라도 들을 수 있을 만큼 웅장하게 울려 퍼졌다.

무인은 걸음걸이 하나로도 많은 것을 말해주는 법.

사람들은 오인강의 공력이 심오한 데 무척 놀랐다.

"그대들이 천산의 마귀들임을 아는데 어찌하여 아직 군문을 칭하는 것인가."

응수를 한 사람은 총관 묵광이었다.

"말씀하신 분이 누구시오?"

"구룡장의 총관 묵광이다."

"그렇군. 구룡장주에게 충직한 개가 한 마리 있다더니, 그게 바로 당신이었구려. 그렇다면 곁에 있는 늙은이는 개 주인인 낙일검(洛日劍) 공도명이겠구려."

차마 입에 담기조차 민망한 욕설이 오인강의 입에서 터져 나왔다.

상대가 적의를 보인 이상 예를 갖출 이유가 없다고 생각한 모양이었다.

오인강의 모욕적인 언사에 구룡장의 사람들은 인상을 잔뜩 찌푸렸다.

그중에서도 자신으로 인해 주인까지 욕보이게 만든 묵광의 분노는 대단했다.

"저런 발칙한 놈을 봤나. 마인의 피는 속일 수 없다더니, 손에 들린 칼이 부끄럽지도 않더냐!"

손에 들린 칼, 무인으로서 부끄럽지도 않느냐는 뜻이다.

"하하하, 발끈하시는 걸 보니 겁 많은 개가 시끄럽게 짓는다는 옛말이 생각나는구려."

"정녕 상종하지 못할 무뢰배로고!"

"억울하면 나와 일전을 겨뤄보지 않겠소?"

묵광은 즉시 몸을 돌려 공도명에게 청했다.

"놈의 목을 가져오도록 허락해 주십시오."

"진정하라. 놈이 일부러 도발을 한다는 걸 모르는가."

"그걸 알기에 이러는 것입니다."

공도명은 딱딱하게 굳은 묵광을 의아한 눈길로 바라보았다.

"무슨 뜻인가?"

"처음부터 정도무림의 의기를 보이려던 것이 아니셨습니까? 그렇다면 수모를 참지 말아야 합니다."

"그걸 왜 자네가 하려는가?"

"주군을 사지로 몰아넣는 수하도 있습니까?"

묵광이 평소처럼 장주나 형님이라 하지 않고 주군이라 칭했다.

이는 비록 공도명이 형제로서 대해줬지만 묵광 자신은 마음속으로 언제나 주군으로 모셨단 말이다.

공도명은 가슴이 복받쳐 올랐다.

공도명은 이번 싸움에서 결코 이길 수 없다는 걸 잘 알고 있었다.

그렇다면 무인의 기개가 얼마나 꺾기 힘든 것인지를 그나마 보여주자는 것이 그의 생각이었다.

평생을 곁에서 공도명을 모신 묵광은 그런 의중을 환히 꿰뚫고 있었던 것이다.

하지만 묵광이 모르는 것이 하나 있었다.

구룡장의 무인들 모두가 죽어도 장주인 공도명이 죽지 않는다면 그것을 증명할 수 없다는 것을.

그건 반대로 공도명 자신만 의기를 보이면 된다는 뜻이기도 했다.

공도명이 묵광을 향해 말했다.

"저들이 말을 탔으니 나도 말을 타야겠군. 내 말을 가져오너라."

"형님!"

"내 말을 거역하려는가?"

"…그리하겠습니다."

말을 하는 묵광의 표정은 침통하기 짝이 없었다.

第二章
구룡장의 위기

天山刀客

잠시 후 공도명은 말을 타고 정문 앞에 섰다.

허리에 찬 대검이 오늘따라 무척이나 무거워 보였다.

"문을 열라!"

공도명의 말에 정문을 지키고 있던 수문무사들의 표정이 오늘 따라 유난히 무거워 보였다.

끼이이이!

육중한 마찰음과 함께 정문이 열리자 시원한 공터가 나타났고 그 공터의 맞은편에 철갑기마대가 도열해 있었다.

또각, 또각, 또각…….

말을 몰아 바깥으로 나간 공도명의 입에서 우렁우렁한 목소리가 쏟아졌다.

"난 구룡장의 장주 공도명이다. 누가 내 검을 받겠는가?"

"꼴에 강골이다, 이거지."

오인강이 공도명을 보며 혼잣말처럼 중얼거렸다.

"대문을 활짝 열고 맞이해 주는 것도 싱겁지 않겠습니까."

장산벽이 말했다.

"주제를 몰라도 너무 모르니 하는 말이야. 겨우 남궁세가의 외장주 따위가."

"오래전부터 중원무림에는 구룡장의 낙일검법이 일절이라는 소문이 있었지요. 멀리 천산까지 그 소문이 닿을 정도이니 조심해서 나쁠 건 없을 겁니다."

출정하라는 소리다.

오인강은 장산벽을 흘깃 본 후 말을 달려나갔다.

저만치에서 공도명도 함께 말을 달려왔다.

항주의 무림인들은 항주제일의 고수를 두고 오랫동안 갑론을박을 벌여왔다.

그중엔 홍인방주와 북천방주의 이름이 자주 언급되었다.

하지만 자주가 아니라 언제나 언급되는 이가 있었으니, 바로 구룡장주와 야천왕이었다.

두 사람만 놓고 비교해 볼 때는 아무래도 북망동에 웅크리고 있는 신비의 고수 야천왕에 보다 많은 점수가 주어졌다.

그의 행적이 워낙 신비스럽기도 하지만 북망동의 온갖 흉신악살들을 꺾고 홀로 우뚝 선 이유가 컸다.

그에 반해 구룡장주는 이렇다 할 무공을 선보인 적이 드물었다.

과거에는 무수한 협객행도 벌였다지만 시간은 바위도 모래알이 되게 하는 법.

오랜 세월이 흐르자 구룡장주의 무공은 이미 잊혀진 과거가 되었다.

하지만 구룡장주를 조금이라도 아는 사람은 쉽게 결단을 내리지 못한다.

특히 그의 낙일검을 한 번이라도 받아본 적이 있는 사람은 더더욱.

깡!

오인강은 손목이 시큰해져 오는 충격을 느꼈다.

단 한차례의 격돌로 느낀 구룡장주의 무공은 생각보다 강했다.

하지만 딱 그 정도였다.

여기까지 오는 동안 신창양가와 남궁세가를 비롯해 강호를 떠들썩하게 만들 정도의 고수들을 숱하게 상대해 온 그였다.

비록 장산벽이라는 걸출한 인물의 그늘에 가려져 명성을

떨치지 못했지만 구룡장주를 두려워할 자신이 아니었다.

적어도 그는 그렇게 생각했다.

"늙은이, 한 수가 있었군. 타앗!"

오인강이 다시 칼등으로 말의 잔등을 후려쳤다.

검은 윤기가 좔좔 흐르는 북평마가의 오구마는 구룡장주의 전신에서 뿜어져 나오는 사나운 기세에도 불구하고 미친 듯이 달려나갔다.

원래가 두려움을 모르는 전마로 길러진 탓도 있었지만, 자신의 등에 타고 있는 인물의 기도가 워낙 무서웠기 때문이다.

"애송이, 사람을 잘못 봤다!"

공도명의 일갈이 허공을 쩌렁쩌렁 울렸다.

그 순간 오인강의 입가에 미소가 어렸다.

그는 별안간 고삐를 놓더니 말 잔등에서 훌쩍 날아올랐다.

그의 그림자가 햇빛과 교차되는 순간 공도명은 시야를 잃었다.

이어 떨어지는 육중한 무게의 대도.

까앙!

검과 칼이 충돌했다.

그 충격으로 공도명은 말 잔등 위에서 떨어졌다.

재빨리 낙법을 펼쳐 볼썽사나운 꼴은 면했지만 말에서 떨어졌다는 것만으로도 이미 씻을 수 없는 수모를 당한 셈이었다.

상대는 이제 겨우 서른 중반의 젊은 도수가 아닌가.

게다가 공도명이 땅으로 내려서는 것보다 촌각 정도 앞서 오인강이 먼저 땅으로 내려선 상태였다.

공도명이 자세를 바로하기가 무섭게 오인강이 달려들었다.

흡사 거대한 파도가 덮치는 기세.

그 순간 공도명은 자신의 판단이 틀렸음을 깨달았다.

더불어 전대의 고수들까지 품은 신창양가와 남궁세가가 어찌하여 무너졌는지 그 이유를 확실하게 깨달았다.

까강! 깡깡!

정신을 차릴 틈도 없이 떨어지는 대도.

한칼, 한칼을 받아낼 때마다 천 근의 쇳덩어리를 받아내는 것 같았다.

요동별기군을 이끌었다는 놈. 설산구룡 중 맏형이며 장산벽이 없었다면 그가 십종가의 대맥을 이었을 거라고 평가받는 놈.

그는 강했다.

정체도 알 수 없는 온갖 초식들이 소나기처럼 퍼부어졌다.

공도명은 자신의 낙일검이 이처럼 처참하게 깨질 거라고는 상상도 못했다.

항주제일의 고수 자리에 이름이 오르내리던 자신이.

문제는 철갑기마대 속에 이런 자들이 여덟 명이나 더 있다는 것이다.

그 여덟 명 중에 장산벽은 뺐다.

그는 이미 십종가를 통틀어도 다섯 손가락 안에 드는 초절 정고수라는 평이 지배적이었으니까.

만약 장산벽이 나선다면?

공도명은 불현듯 엉뚱한 생각이 들었다.

'남궁세가와 신창양가는 과연 오인강이라는 벽을 넘어 장산벽과 격돌했을까?'

그 순간 공도명은 화끈한 불 맛을 느끼며 후다닥 물러났다.

그리고는 검을 땅에 거꾸로 박은 채 겨우 버티고 섰다.

왼쪽 어깨로부터 오른쪽 옆구리까지 길게 그어진 혈선.

핏물이 앞섶을 흠뻑 적시는 걸 보니 가볍지 않은 부상이었다.

"아버지!"

저만치 누각 위에서 그를 부르는 공화연의 목소리가 들려왔다.

공도명은 비참한 심경을 억누를 길이 없었다.

장강의 앞 물결을 뒷 물결이 밀어낸다더니, 젊은 나이에 어쩌면 이리도 심오한 무학을 지닐 수 있을까.

마지막까지 통탄스러운 것은 저들이 정도무림의 인물이 아니라 마도의 젊은이들이라는 것이었다.

그 순간 한 사내가 말을 몰아 공도명에게로 다가왔다.

사내가 말했다.

"그만하면 됐습니다."

"자네가… 십종지룡이로군."

"의기도 좋지만 식솔들의 목숨은 살려야 하지 않겠습니까?"

문을 열란 소리다.

대문을 활짝 열고 자신들을 맞으란 소리다.

결국은 굴종을 강요하는 말.

알면서도 어쩔 수 없는 것이 지금 공도명의 입장이었다.

개죽음을 당할 수는 없지 않은가.

"내가 졌네."


＊　　　＊　　　＊


"말도 마십시오. 뭔 시커먼 놈이 갑자기 말 잔등을 박차고 날아오르더니 땅이라도 쪼갤 듯 대도를 내려치더라니까요. 그다음부터는 압도적인 우세였습니다. 시종일관 숨 쉴 틈도 주지 않고 몰아붙이는데, 내 평생 그렇게 빠르고 패도적인 도법은 처음 봤습니다. 그리고……."

낮에 본 것을 반 각이나 혼자 떠벌리던 공춘보는 목이 마른지 사발에 담긴 물을 한 잔 쭈욱 들이켠 다음 말을 이었다.

"구룡장주는 시종일관 노련한 보법과 현란한 검초로 놈을 상대했지요. 하지만 결국 한칼을 먹고 말았습니다. 어깨에서부터 옆구리까지 피가 꿀럭꿀럭 쏟아지는데, 그 상황에서도 칼을 거꾸로 짚고는 꼿꼿이 서 있더군요. 휴우, 정말 눈으로 보지 않고는 믿을 수 없는 일이었습니다. 누가 상상이나 했겠습니까, 천하의 구룡장주가 그런 모습이 될 줄을. 결국 '내가 졌네' 라고 하면서 싸움은 끝이 났죠. 아, 정말 명승부였습니다."

공춘보가 거기까지 말을 했을 때 은도천은 고개를 돌려 하풍달에게 물었다.

"춘보 말이 사실이더냐?"

"과장이 좀 있기는 했지만 큰 줄기는 사실입니다."

"음……."

공춘보와 하풍달이 가져온 소식은 충격적이었다.

구룡장주가 설산구룡 중 한 명으로 짐작되는 이에게 불과 십여 수 만에 꺾였단다.

구룡장주가 누구인가.

항주무림을 대표하는 최고수 중 하나로, 그의 낙일검은 무림일절로 평가받았다.

무림의 항렬로 따지자면 구마종과 동등한 반열에 드는 무림의 고수다.

그런 그가 구마종도 아니고 그들의 전인에 불과한 삼십대 초반의 청년 도수에게 꺾였다니.

그 대가로 구룡장은 정문을 열고 철갑기마대를 맞았다고
한다.

지금 구룡장은 항주 정벌을 위한 철갑기마대의 진영으로
쓰이고 있었다.

항주를 대표하는 정도무림의 장원이 마인들의 차지가 되
다니, 이 또한 수모였다.

"일부러 구룡장을 택한 것입니다."

말을 한 사람은 용악산이었다.

"그게 무슨 말이죠?"

은서령이 물었다.

"항주무림을 향한 경고지. 누가 뭐래도 구룡장은 항주무림
을 대표하는 곳. 그런 곳의 수장을 꺾었으니 다른 곳은 알아
서 기라는 뜻이야."

그때 하풍달이 말했다.

"그러고 보니 장산벽이 이상한 말을 했습니다."

"그가 무슨 말을 했습니까, 하 사형?"

이번엔 표자룡이 물었고 하풍달이 다시 설명을 했다.

"장산벽 그 인간이 단소운을 시켜 항주의 무림문파 문주들
에게 초청장을 보냈어. 금일 자시에 구룡장에서 연회를 베풀
테니 모두 모이라고. 처음엔 뭔 헛소린가 했는데 이제 확실히
알겠어. 처음부터 구룡장 따윈 안중에도 없었던 거야."

"만약 초청에 응하지 않으면 어떻게 될까?"

공춘보가 물었다.

모두들 선뜻 대답을 하지 못하고 서로의 눈치만 살폈다.

그 순간 바깥으로부터 기별이 왔다.

금룡문에 손님이 찾아왔다는 것이다.


"아니, 저, 저 자식들은!"

장원을 들어선 사람들의 면면을 확인하는 순간 공춘보의 눈에서 불똥이 튀었다.

하지만 섣불리 다가가서 시비를 걸지는 못했다.

용악산과 은도천의 곁에 바짝 붙어서 삿대질만 할 뿐이었다.

찾아온 사람들은 단소운과 광견이었다.

두 사람의 뒤에는 광견의 수하가 열 명이나 더 있었다.

모두가 악명 높은 멸천대의 조원들이다.

그들은 금룡문에 들어선 상태에서도 전혀 주눅 든 기색이 없었다.

기세만 보면 벌써 항주를 장악한 것처럼 보였다.

멸천대가 모두 모이고 철갑기마대까지 가세했으니 그들이 자신감에 넘치는 것도 무리는 아니었다.

살벌한 기운이 감도는 가운데 단소운이 말했다.

"금일 자시에 구룡장에서 연회가 있어요. 귀 문파의 문주께서도 제자들을 이끌고 참석해 달라시는 멸천대주의 청이 있었어요.”

하풍달이 했던 말 그대로였다.

“초청이오, 아니면 경고요?”

은도천이 물었다.

“훗!”

단소운은 대답 대신 피식 웃었다.

“예를 갖추세요!”

아비가 모욕을 당했다는 생각에 은서령이 발끈해서 외쳤다.

단소운은 은서령을 보더니 묘한 표정이 되었다.

그녀의 미모에 상당히 놀란 것이다.

“당신이 은서령이군요. 그렇죠?”

“북망동에서 우리 사형들을 괴롭혔다죠? 언젠가 그 대가를 톡톡히 치르게 될 거예요.”

“그건 내가 할 말 같군요. 북망동에서 고초를 당한 건 우리니까 말이에요.”

“……?”

“곧 그 대가를 톡톡히 치르게 될 거예요. 그럼 이만.”

단소운은 지나치지도, 모자라지도 않은 태도로 인사를 하고는 돌아섰다.

그들이 사라지고 난 뒤 모두의 시선이 은도천을 향했다.

“사부님, 어쩌실 생각입니까?”

하풍달이 물었다.

"어쩌긴 뭘 어째. 범의 아가리가 될 게 뻔한데 거길 왜 가?"

공춘보가 말했다.

"누가 공 사형에게 물었소?"

그러면서 하풍달의 시선은 다시 은도천을 향했다.

은도천은 수염을 길게 쓰다듬으며 생각에 잠겼다.

진퇴양난이다.

저들은 왜 뜬금없이 항주무림의 유력 인사들을 모두 모이라는 걸까?

일면 짐작이 되기에 쉽게 결정을 내릴 수 없었다.

"네 생각은 어떠냐?"

은도천이 용악산에게 물었다.

＊　　　＊　　　＊

구룡장은 내장과 외장으로 나뉜다.

내장인 자미원은 구룡장주 공도명을 비롯한 직계, 방계의 혈족들이 기거하는 곳이었다.

이곳은 몇 사람을 제외하고는 출입이 엄격히 제한된 금지로, 구룡장 내에서도 구중심처에 속했다.

그런 자미원이 지금은 장산벽과 설산구룡의 거처가 됐다.

그들을 보필하는 부장들까지 포함하니 자미원은 이미 마

인들 천지였다.

내장의 사정이 이러하니 외장은 말할 것도 없었다.

그곳엔 멸천대를 비롯한 오백의 철갑기마대가 천막을 치고 솥을 거는 등 군문의 주둔지를 방불케 했다.

그들은 구룡장의 광을 열게 하고 술과 음식을 닥치는 대로 먹었다.

그것으로도 모자라 황소 스무 마리를 내놓으라고 하더니 구룡장의 무인들이 수련을 하던 연무장에서 소를 잡고 구워 먹었다.

덕분에 연무장은 한바탕 혈사라도 벌어진 것처럼 온통 피바다가 되었다.

비릿한 혈향만큼이나 구룡장 사람들의 속도 불편했다.

구룡장에도 혈기 넘치는 고수들이 많았다.

그들은 피가 거꾸로 솟는 분노를 느꼈다.

저들이 저토록 장원을 유린하는데도 참아야 하는 것이다.

구룡장 최고 고수인 장주가 오인강과의 생사결에서 부상을 입고 치료를 받는 지금 이 순간, 그들이 할 수 있는 것은 아무것도 없었다.

그러나 그들의 수모는 끝이 나질 않았다.

백 명 정도가 참석할 연회를 준비하라는 말에 공화연도 더는 참지 못했다.

그녀는 즉각 장산벽을 찾아가 따지려 했다.

하지만 장산벽의 주변을 지키던 멸천대에 의해 가로막혔다.

"계집, 말썽을 일으키지 마라."

"당신과 말싸움할 생각 없어요. 멸천대주를 만나게 해줘요."

"주군은 감히 너 따위가 독대할 수 있는 분이 아니시다."

"흥, 그래 봐야 마인이 아닌가요? 세상이 이렇게 되지 않았다면 나도 마인들 따위와 말을 섞고 싶은 생각은 추호도 없어요."

"정녕 된맛을 보고 싶은 건가? 난 사내와 계집을 구별하지 않는다."

공화연을 상대하고 있는 사람은 언제나 장산벽을 가장 가까이에서 시중드는 도귀였다.

도귀는 인상을 험악하게 일그러뜨리더니 당장에라도 칼을 뽑아 들 기세였다.

그때 저만치 있던 장산벽이 말했다.

"보내 드려라."

도귀는 장산벽을 향해 허리를 숙이고는 공화연에게 험악한 얼굴로 경고하는 것을 잊지 않았다.

"버릇없이 굴면 네년의 그 어여쁜 얼굴을 갈아주마."

공화연은 온몸을 부르르 떨었다.

누가 감히 그녀에게 계집 운운하며 이토록 막 대할 수 있을까.

철갑기마대가 구룡장의 정문 앞에 도열했을 때보다 더욱 더 모욕적이었다.

세상이 바뀌었음을 뼛속 깊이 실감했다.

공화연은 도귀를 지나쳐 장산벽에게 다가가 따졌다.

"해도 해도 너무하시는군요. 아무리 마인들이라지만 당신들도 무인임에 분명한데 어쩜 이리도 파렴치할 수 있죠?"

"화가 단단히 나셨군요."

"질 좋은 미곡 열 섬에 황소 스무 마리를 바쳤어요. 그것으로도 모자라 이제는 백 명분의 연회를 마련하라고요? 도대체 얼마나 더 요구를 하셔야 속이 후련하시겠어요. 당신들이 말하는 마도천하가 이런 건가요?"

공화연은 작심한 듯 독설을 퍼부었다.

"엄살 부리지 마시오."

"구룡장의 곳간이 모두 거덜나고 있는데 엄살이라고요?"

"그래 봐야 구룡장 한 달 물동량의 십분지 일도 채 되지 않는다는 걸 잘 알고 있소. 이 정도 가지고 앓는 소리를 하는 것이 엄살이 아니면 뭐겠소?"

"좋아요, 그건 그렇다고 쳐요."

"내 말을 끝까지 들으시오!"

장산벽이 서늘한 목소리로 공화연의 말을 단숨에 잘랐다.

모골이 송연해지는 음성에 공화연은 한순간 소름이 돋으

며 할 말을 잃었다.

필시 목소리에 어떤 기운을 담았음이 틀림없었다.

"구룡장이 우리의 행보에 전폭적인 지원을 하지 않을 거라는 건 잘 알고 있소. 갑자기 자신들의 정체성을 바꾸는 게 쉽지는 않겠지. 하지만 최소한 성의는 보여야 하지 않겠소? 장원을 그대로 보존하고 식속들의 목숨을 생각한다면 말이오."

마지막 말을 할 때쯤엔 장산벽의 얼굴이 공화연의 얼굴에 바짝 다가와 있었다.

공화연은 마치 장산벽의 손이 자신의 뱃속으로 들어와 심장을 움켜쥐고 있는 듯한 느낌이 들었다.

차고 냉정하고 음산한 기운.

한줄기 식은땀이 등골을 타고 흘러내렸다.

단순히 마주하는 것만으로도 이렇게 공포감을 심어줄 수 있는 존재라니.

만약 그가 작정을 하고 억눌렀다면 공화연은 그 자리에서 쓰러졌을지도 모른다는 생각이 들었다.

신체적으로나 심적으로나 완벽하게 제압당한 것이다.

그때 총관 묵광이 달려와 공화연에게 말했다.

"물러나라!"

"하, 하지만……."

"네가 상대할 만한 사람이 아니다. 그만 돌아가거라."

그제야 공화연은 몸을 돌려 저만치 걸어갔다.

공화연이 멀어지고 난 뒤 묵광이 장산벽에게 말했다.

"그대들이 장원을 어떻게 사용하든 곳간의 식량을 얼마나 축내든 상관하지 않겠소. 하지만 장주와 혈족들에게만은 예를 갖춰주시오."

"경고입니까?"

장산벽이 고개를 살짝 돌리며 물었다.

잠시 침묵이 흘렀다.

묵광의 수염이 부르르 떨렸다.

주인된 입장으로서 당연한 말을 하는데도 이런 말을 들어야 하는가.

하지만 지금은 참아야 할 때다.

"부탁이오."

"노력해 보리다."

장산벽은 감정이 실리지 않은 어조로 말을 하고는 고개를 돌렸다.

묵광은 한동안 침통한 표정으로 장산벽의 뒤통수를 바라보았다.

지금 그의 품속에는 한 자 반 길이의 비수가 숨겨져 있었다.

가까운 거리에서 기습을 하기에는 장검보다 비수가 좋다.

장산벽과의 거리는 불과 일 장.

보법을 펼쳐 다가서는 동안 비수를 뽑고, 그 동작을 그대로 이어 목덜미를 찌른다면 즉사시킬 수 있었다.

하나 묵광의 갈등은 오래가지 않았다.

지금 장산벽을 죽이면 그 뒷감당을 남은 사람들이 고스란히 해야 할 것이다.

그는 조용히 발걸음을 돌렸다.

돌아서 가는 그의 뒤로 얼핏 장산벽의 웃음소리가 들려왔다.

"훗!"

그건 틀림없는 조소였다.

자신의 용기없음을 비웃는 조소.

묵광은 다시 한 번 치밀어 오르는 분노를 집어삼켜야 했다.

때로는 치욕을 견뎌내는 것이야 말로 용기라고 자신을 위로하면서.


아담한 연못이 고풍스러운 자미원의 너른 정원에 올($\pi$) 자 모양의 커다란 식탁이 만들어 졌다.

백여 명 정도가 동시에 앉아 술과 식사를 할 수 있는 엄청난 규모였다.

구룡장은 과거에도 여러 차례 큰 연회를 연 적이 있지만 이런 규모는 처음이었다.

그에 바빠진 것은 구룡장의 식솔들이었다.

근동의 객점과 기루에 연통을 넣어 온갖 화려한 음식들을 날라 왔다.

내 집을 장악한 적도들에게 어찌 값비싼 음식을 대접할 마음이 들겠느냐만 무시무시한 멸천대가 '상다리가 부러지도록 차리지 않으면 네놈들의 다리가 부러질 것이다' 라고 경고를 해서 꼼짝없이 시키는 대로 할 수밖에 없었다.

그리고 날이 어두워지자 하나둘씩 사람들이 나타났다.

놀랍게도 그들은 하나같이 항주무림을 대표하는 일문의 문주들이거나 유력한 무관의 관주들이었다.

무림을 대표하는 자들만 찾아온 게 아니었다.

상방과 표국, 전장을 비롯해 항주의 상권을 좌지우지하는 실력자들도 대거 찾아왔다.

그들 역시 한 발은 무림에 걸치고 있는 터라 무림인으로 볼 수도 있었다.

장산벽이 미리 정해둔 자시가 되자 마침내 백 석의 좌석이 꽉 찼다.

은발의 노인에서부터 혈기왕성한 젊은 무인, 화려한 궁장 차림의 여인들까지 각양각색의 사람들이 모였다.

항주무림이 탄생하고 나서 이토록 많은 유지들이 한자리에 모인 적은 결단코 없었다.

오늘의 이 자리는 그만큼 중요했다.

각 문파의 사활이 걸린 것이다.

하지만 사람들의 마음은 편치 못했다.

정마대전 당시 악명을 떨쳤던 멸천대가 연회석을 둘러싸며 사뭇 흉흉한 분위기를 펼친 때문만은 아니었다.

사람들이 모두 모이자 장산벽이 설산구룡을 대동하고 나타났다.

연회석에 앉은 사람들의 얼굴이 약속이나 한 듯 동시에 일그러졌다.

소문으로 들었지만 생각했던 것보다 훨씬 젊지 않은가.

저런 새파란 애송이들이 일문의 문주인 자신들을 오라 가라 하다니.

하지만 더욱더 모욕적인 언사가 도귀의 입을 통해 흘러나왔다.

"모두들 예를 갖추시오."

자리에서 일어나란 소리다.

새파란 놈들이 부모뻘 되는 사람들을 불러들인 것도 모자라 영접의 예를 갖추라고 하다니.

아무리 굴욕적인 자리라고는 하나 평생 무공을 익힌 사람들이다.

뼈와 살이 튼튼해지는 것만큼 정신도 굳건한 사람들이다.

해서 도귀의 말에도 불구하고 아무도 일어서는 사람이 없었다.

그러자 도귀가 저만치 맞은편에 서 있는 사내에게 눈짓을 했다.

쇠도리깨를 든 육 척 거구의 사내, 멸천대 이조장 광견이었
다.

광견은 허리춤에 찬 쇠도리깨를 거칠게 뽑아 들며 말했
다.

"비례는 비례로 응수하는 것이 내 신조요. 어느 분부터 모
셔 드리면 되겠소?"

광견의 서늘한 목소리가 사람들의 심장을 파고들었다.

단순한 협박이 아니었다.

멸천대 중에서도 가장 많은 사람을 죽였다는 소문의 주인
공인 광견은 능히 그럴 만한 인물이었고, 또 그럴 능력도 있
었다.

무엇보다 장산벽과 설산구룡이 아직 착석을 하지 않는 것
으로 보아 그들 역시 묵인한 상황임이 틀림없었다.

결국 기선을 제압하겠다는 뜻.

이럴 때는 또 다른 용기가 필요하다.

저들의 뜻을 거스르는 용기보다 체면을 버리는 용기.

이런 것도 용기라고 할 수 있다면 말이다.

결국 무관의 관주들 몇 명이 일어섰고 뒤를 이어 상방과 표
국의 사람들도 의자에서 엉덩이를 뗐다.

잠시 후에는 모두가 참담한 표정이 되어 일어섰다.

사람들이 모두 일어선 후에야 장산벽이 손을 저으며 말했
다.

"과례는 오히려 비례라고 했습니다. 그만 자리에들 앉으시
지요."

"크험, 겸양을 할 것이면 진작할 것이지. 모두가 일어선 연
후에 하는 것은 또 무슨 이유인지."

저만치 중간쯤에서 덥수룩한 수염의 노인이 자리에 앉으
면서 혼잣말을 했다.

이 자리에서 그의 말을 듣지 못한 사람은 아무도 없었다.

광견이 볼을 씰룩이며 쇠도리깨를 고쳐 잡자 도귀가 조용
히 고개를 가로저었다.

장산벽은 도귀가 미리 비워놓은 가장 상석에 앉았다.

그의 좌우에는 설산구룡이 날개처럼 자리했다.

그때 지옥혈마가 장산벽에게 술을 따르며 말했다.

"여기까지 오시느라 수고가 많았습니다."

"육사자께서 편찮으시다는 얘기를 들었는데 이렇듯 강건
한 모습을 뵈니 안심이 되는군요."

"부끄럽습니다. 곧 이 설욕을 갚아 교에 누가 되지 않도록
하겠습니다."

"그래야겠지요. 신교의 육사자가 풋내기 검수 따위에게 당
해서야 쓰겠습니까."

부드러운 목소리였지만 속내는 서늘했다.

장산벽은 지옥혈마가 표자룡에게 당한 것을 훤히 알고 있
었다.

한편, 사람들은 항주무림을 대표하는 사람들이 모인 자리에 지옥혈마가 있는 것이 못마땅했다.

그들도 북망동에 지옥혈마라는 마두가 있다는 건 알고 있었다.

그는 워낙 유명한 존재였으며 시시때때로 북망동을 벗어나 항주 시내에 모습을 보이기도 했다.

그는 오늘 북망동에 포진해 있는 마인을 대표해 온 것이다.

원래는 야천왕이 왔어야 할 자리지만 그가 거절을 한 이상 이렇게나마 구색을 갖추었다는 걸 모두가 알고 있었다.

그러나 하늘이 무너진다 해도 지옥혈마가 북망동 전체를 대표할 수는 없었다.

지옥혈마는 북망동에서 제법 한가락 하는 고수에 불과했지만 야천왕은 그야말로 왕중왕이었기 때문이다.

결국 범이 오지 않고 늙은 개가 온 격.

장산벽은 지옥혈마가 따라 준 술잔을 앞으로 들며 말했다.

"제가 누군지 알고 있을 테니 소개 따위의 불필요한 격식은 생략하기로 하지요. 항주의 여러 유지들께서 이렇게 어려운 걸음을 해주신 데 대해 이 장 모는 무척 감사하게 여기는 바입니다. 아울러 신교의 대업을 이루는 동안 여러분의 아낌없는 협조를 부탁드립니다."

장산벽이 거기까지 말을 하는 동안 사람들의 표정은 가지각색으로 변했다.

참으로 교묘한 언변이다.

본론을 피하면서도 원하는 것을 모두 말하고 있었다.

부탁의 어조를 빌어 말하기에 어떠한 반론의 여지도 주지 않으면서 결론은 십종가의 행보에 무조건 복종하라는 소리가 아닌가.

장산벽은 사람들의 이런 얼굴을 가벼운 미소와 함께 둘러보더니 도귀에게 눈짓을 했다.

도귀가 다시 수하들에게 눈짓을 했고 흉악한 인상의 멸천대 십여 명이 술독과 술잔을 들고 탁자를 순회했다.

한 사람이 술잔을 사람들 앞에 놓으면 다른 사람이 담황색 빛의 술을 따르는 식이었다.

그런데 술잔이 묘했다.

마치 눈을 깎아 만든 듯 잡티 하나 없이 완벽한 백색이었다.

술잔이 모두 채워지자 장산벽은 자신의 잔을 들어 보이며 말했다.

"흥을 돋울 겸, 재밌는 이야기를 하나 해드리지요. 지금 여러분의 앞에 놓인 잔은 천산의 명물, 설옥(雪玉)을 깎아 만든 설옥잔입니다. 그리고 그 술잔에 담긴 술 역시 천산의 만년설봉에서 백 년에 한 번씩 피어난다는 빙화를 따다 숙성해 만든 것이지요. 이름은 빙화주(氷華酒)라고 합니다."

"기껏 술 얘기를 하려고 우리를 불렀소?"

저만치 구석에서 누군가 또 불쑥 말했다.

아까 모두가 일어선 연후에 만류를 했다며 혼잣말처럼 중얼거린 노인이었다.

장산벽은 가볍게 웃더니 물었다.

"존장의 성명별호가 어떻게 되시는지요?"

"내세울 만한 별호는 아니지만, 항주의 형제들은 노부를 일컬어 군자검(君子劍)이라는 과분한 별호를 붙여주었지."

월등히 많은 세수 때문인지 노인은 장산벽에게 스스럼없이 하대를 했다.

장산벽이 고개를 약간 갸웃거리자 곁에 시립해 있던 단소운이 다가가 귓속말을 전했다.

무인은 자신의 별호를 말했음에도 상대가 알아보지 못했을 때 모욕을 느끼는 법이다.

저렇게 당사자가 보는 앞에서 귓속말을 주고받는 것 또한 예의가 아니었다.

노인의 눈썹이 가볍게 일그러졌다.

"아, 알고 보니 유가(儒家)의 일파를 이끄는 장문인이시군요."

노인은 무림에서는 드물게 유가(儒家)의 무공을 익히는 정심문(正心門)의 문주였다.

오래전 공맹의 후예들이 신체를 강건하게 만들기 위해 창안했다는 유가의 무학은 어느 대에도 크게 빛을 보지 못했다.

그도 그럴 것이, 하루 종일 사서삼경이나 파고 있는 선비들이 무공을 익혀봐야 얼마나 강할 것인가.

그들에게 무공은 그 자체가 목적이 아니라 유가의 심오한 학문에 도달하기 위해 체력을 기르기 위한 도정에 지나지 않았다.

특히 수많은 학파가 존재하다 보니 무공은 하나로 모여 발전되기보다는 갈래에 갈래를 거듭하면서 이제는 도인체조 정도로 치부될 정도였다.

그게 불가를 대표하는 소림이나 도가를 대표하는 무당파에서처럼 훌륭한 무공이 나오지 않은 결정적인 이유였다.

그런 면에서 정심문은 드물게 무에 치중한 문파라고 볼 수 있었다.

다만 유가의 무학이 모두 그러하듯이 꼬장꼬장한 선비 정신이 무학의 곳곳에 파고들어 다소 고지식한 면이 있었다.

그게 무공의 발전을 더디게 만드는 또 하나의 이유였다.

정심문의 문주 유학룡은 그런 무공으로도 출중한 실력을 지닌 인사였다.

"하하, 제 얘기가 조금 길었나 보군요. 기왕 이렇게 된 김에 조금만 더 자랑을 하고 싶은데 허락해 주시겠습니까?"

장산벽은 포권까지 하며 공손하게 허락을 구했다.

제법 자신을 존중하는 듯한 모습이었지만 군자검 유학룡은 조금도 달갑지 않았다.

　하지만 그에게 장산벽의 청을 거절할 명분이 없었다.

　침묵을 허락으로 받아들였는지, 아니면 처음부터 허락 따윈 필요하지 않았는지 장산벽의 말이 계속되었다.

　"기실 이 빙화주가 귀하기는 하나 저의 사부님께서는 설옥잔을 더욱 아끼셨지요."

　장산벽의 입에서 그의 사부가 언급되었다.

　십종가의 대가주이자 마도대종사가 죽은 후 도법의 일인자라 불리는 사람. 황하에서 검의 일인자 천공성주를 꺾음으로써 명실공히 천하제일인이라 불리는 자.

　비록 이름뿐이지만 그의 등장에 좌중은 찬물을 끼얹은 듯 조용했다.

　지금 이 순간 십종대가주의 이름이 등장하는 것이 우연이 아님을 직감했기 때문이다.

　"왜 그런고 하니, 설옥잔은 빙화주만을 품기 때문입니다. 만약 설옥잔에 빙화주가 아닌 다른 술을 따르면……."

　장산벽은 말을 하면서 직접 죽엽청 한 병을 들어 설옥잔에 따라 보였다.

　그러자 맑은 액체가 갑자기 피처럼 붉게 변했다.

　몇몇 사람들의 입에서 나직한 탄성이 흘러나왔다.

　"이렇게 변하고 맙니다. 색깔만 변하는 것이 아니라 맛까지 변하지요. 참으로 신비하지 않습니까? 마치 빙화주가 아니라면 천하의 어떤 술도 품지 않겠다는 듯이 말이지요. 이 술잔은 여러분들에게 선물로 드리겠습니다. 더불어 저는 여러분과 함께 설옥잔에 빙화주를 마시면서 형제의 결의를 맺고자 하니 부디 이 장 모의 손을 부끄럽게 하지 않으셨으면 합니다.”

사람들은 그제야 장산벽의 의도를 이해했다.

이제부터 십종가가 중심이 된 천마신교를 받아들이되 만약 배신을 한다면 설옥잔에 담긴 죽엽청처럼 될 것이라는 경고.

그것은 피의 경고였다.

장산벽은 어느 틈에 자신 앞에 놓인 술잔을 단숨에 비웠다.

뒤를 이어 설산구룡도 동시에 술잔을 꺾었다.

탁탁탁.

열 개의 술잔이 장산벽을 비롯한 설산구룡의 앞에 빠르게 놓였다.

그 소리가 한참이나 이어지는 동안에도 탁자에 둘러앉은 사람들은 술잔을 들지 않았다.

저 술잔을 드는 순간 돌아올 수 없는 강을 건넌다는 사실을 잘 알기 때문이었다.

마도에 충성을 맹세하느냐 마느냐의 기로.

마시자니 치욕이고 마시지 않자니 목숨이 위태롭다.

사람들의 고민이 깊어지는 것은 당연했다.

장산벽은 그런 의중을 아는지 사람들을 닦달하지 않고 기다려 주었다.

참으로 고약한 순간이었다.

사람들은 이곳에 올 때만 해도 일이 이렇게 돌아갈 거라고는 상상도 못했다.

적어도 무언가 한마디쯤 항변은 할 수 있지 않을까.

자신들의 입장에 대해 설명을 하고 어느 정도의 타협이 오간 후에 조율이 되지 않을까.

최소한 구색만이라도 갖추어 자신들의 체면을 세워주지 않을까.

하지만 이제 보니 무조건적인 충성을 맹세하는 자리가 아닌가.

쾅!

어디선가 지축을 흔드는 소리가 들렸다.

사람들의 시선이 일제히 소리가 난 곳으로 향했다.

쇠도리깨를 든 광견의 곁에 있던 커다란 바위가 가루로 변해 있었다.

뜻하는 바는 명백했다.

술을 들지 않으면, 즉 충성을 맹세하지 않으면 이 자리에서 그 대가를 치르도록 하겠다는 뜻이었다.

몇몇 사람들이 주변의 눈치를 보며 손을 술잔에 가져갔다.

하지만 그들조차도 선뜻 술잔을 들어 마시지는 못했다.

가시방석 같은 자리를 구해준 사람은 이번에도 역시 정심문의 문주 유학룡이었다.

"구룡장주는 어디 계신 건가?"

"그는 왜 찾는 거요?"

장산벽의 곁에 앉아 있던 오인강이 눈살을 찌푸리며 물었다.

"잊고 있나 본데 여긴 엄연히 구룡장일세. 연회를 열어도 구룡장주가 열어야 할 것이며, 상석에 앉을 사람도 당연히 그 사람일세."

"늙으면 눈이 흐려진다더니, 노인장께선 돌아가는 사정이 잘 보이질 않는 모양이오."

쾅!

"감히 누구에게 망발인가! 네놈들은 강호의 선배도 몰라본단 말이더냐!"

기어이 참지 못한 유학룡이 분노를 터뜨렸다.

두 주먹으로 탁자를 내려치며 벌떡 일어선 것이다.

그 때문에 유학룡이 앉아 있던 탁자가 박살이 나며 음식이 사방으로 튀었다.

연회석 주변에 둘러서서 위압적인 분위기를 연출하던 멸천대의 무인들이 순식간에 살기를 끌어올렸다.

저마다 공간을 좁혀오며 유학룡을 압박했다.

그러나 그들의 도발을 막아선 것은 이번에도 장산벽이었다.

그는 손짓 한 번으로 사람들을 물린 후 단소운에게 말했다.

"정심문주님의 말씀이 옳다. 가서 장주님을 모셔와라."

"알겠습니다."

단소운이 사라지고 잠시 후 구룡장주 공도명이 총관 묵광과 그의 딸 공화연을 대동하고 나타났다.

구룡장주는 무척이나 창백한 모습이었다.

깨끗한 옷으로 갈아입은 상태였지만 부상까지 숨길 수는 없었다.

그의 걸음걸이와 의자에 앉는 동작에서 부자연스러움이 느껴졌기 때문이다.

구룡장주의 그런 모습을 목도한 사람들의 심정은 참담하기 이를 데 없었다.

"장주, 괜찮으시오?"

유학룡이 물었다.

그의 얼굴엔 진심으로 걱정하는 기색이 역력했다.

"못난 꼴을 보여 부끄럽습니다."

"허허, 어찌하여……."

"그렇게 됐습니다."

잠시 어색한 침묵이 이어진 후 오인강이 사람들을 재촉했다.

"장주께서도 한자리를 차지했으니 이제 모두 술을 듭시다. 설마 아직도 더 올 사람이 있어야 하는 건 아니겠지요?"

쓰윽 둘러보면서 하는 말이 사뭇 날카로웠다.

그가 말을 하는 사이 구룡장주의 앞에도 술잔이 놓이고 술이 채워졌다.

비록 이곳에 없었다고는 하나 눈이 있고 귀가 있으니 구룡장주 역시 조금 전에 있었던 일을 모를 리가 없었다.

사람들의 시선이 모두 구룡장주를 향했다.

그의 행동에 따라 자신들 역시 입장을 밝힐 것처럼.

공도명은 참담한 심정이었다.

마도의 후기지수에게 패한 것이 불과 오늘 낮의 일이었다.

이제는 사람들이 모두 보는 앞에서 마도를 향한 충성의 맹세주를 들어야 하는 것이다.

평생 정도의 길을 걸어온 그에게는 죽는 것보다 힘든 일이었다.

차라리 혼자만의 목숨이라면 끝까지 항전을 하겠지만 구룡장은 수백 명의 목숨이 달린 대장원이었다.

만약 여기서 저항을 한다면 저들은 어떤 식으로든 그 대가를 치르게 할 것이다.

마인이 달리 마인이겠는가.

"장주."

오인강이 무거운 어조로 공도명을 불렀다.

압박이다, 여러 생각 말고 어서 술잔을 들라는.

참담한 표정이 된 묵광과 공화연을 뒤로하고 공도명은 천천히 손을 뻗었다.

술잔을 잡는 그의 손이 중풍이라도 걸린 사람처럼 바르르 떨렸다.

쾅!

유학룡이 박살난 탁자를 또 다시 주먹으로 내리치며 말했다.

그는 좌중을 돌아보며 사자후를 토해냈다.

"진정 이 수모를 모두 받아들이실 게요?!"

유학룡의 갑작스런 말에 사람들은 무척 놀랐다.

하지만 아무도 그의 말에 선뜻 동조하지는 못했다.

유학룡이 다시 한 번 외쳤다.

"저들의 숫자는 겨우 육백이오. 여기 모인 우리들에다가 바깥에서 대기하고 있는 제자들까지 합하면 저들의 두 배가 넘소. 진정 싸워보지도 않고 이대로 무릎을 꿇을 참이오?"

그러나 이번에도 좌중은 조용했다.

아픈 곳을 찔린 듯 비참한 표정이기는 했으나 누구 하나 용기를 내는 사람은 없었다.

신창양가나 남궁세가가 어디 머릿수가 모자라서 저들에게 무릎을 꿇었겠는가.

유학룡의 말은 현실을 모르는 늙은 선비의 공허한 외침에 지나지 않았다.

보다 못한 유학룡이 사람들을 직접 거론하며 다그쳤다.

"홍인방주, 당신은 구룡장주와는 돈독한 사이라고 들었소이다. 친우가 저렇듯 수모를 당하고 있는데 진정 보고만 계실 것이오?"

"후우… 문주님, 잠시 화를 가라앉히시지요."

"비겁한 인사 같으니라고. 북천방주, 그대 역시 홍인방주와 같은 생각이오? 진정 저 적도들에게 머리를 조아리고 굴종할 생각이오? 말해보시오!"

북천방주는 아무런 대답이 없었다.

굳게 다문 입술로 그저 긴 한숨을 내쉴 뿐이었다.

홍인방주와 북천방주는 구룡장주와 함께 항주무림을 대표하는 고수들이었다.

두 사람의 태도가 참으로 비겁하기 짝이 없었지만 누구 하나 그들을 비난할 자격이 없었다.

자신들 역시 마찬가지였으니까.

"내가 사람들을 잘못 봐도 한참을 잘못 봤군. 의기를 목숨보다 중히 여기는 무인들인 줄 알았더니 시정잡배만도 못한 소인배들이었어. 다른 사람들도 모두 소인배가 될 참이오? 제자들에게 부끄럽지도 않소이까? 그러고서도 제자들에게 정도를 걸으라고 할 수 있을 것 같소? 잘들 해보시오. 마인들의 그늘에서 비루한 목숨 열심히 부지해 자자손손 권세를 누리시오들!"

유학룡은 거침없는 독설을 퍼부어놓고는 자리를 박차고 일어섰다.

하지만 그가 돌아서는 그 순간 허공에서 커다란 그림자 하나가 머리 위로 떨어졌다.

유학룡이 손을 움직인 것도 동시였다.

창천비검(蒼天飛劍).

유학룡이 익힌 군자검의 첫 번째 초식이었다.

발검과 함께 상대의 요혈 다섯 곳을 찌르는 발군의 초식.

그는 이 한 초식으로 절강을 질타하던 흑도의 수괴 다섯을 죽였다.

하지만 허공에서 떨어진 그림자는 유학룡의 손에 죽은 흑도의 수괴들과는 차원이 달랐다.

퍽!

둔탁한 소리와 함께 유학룡의 머리통이 산산이 부서졌다.

그의 늙은 몸뚱어리는 발검의 순간에 펼친 회전력으로 인해 몇 바퀴를 돈 후에야 쓰러졌다.

유학룡을 그렇게 만든 것은 광견의 쇠도리깨였다.

뜨거운 피가 묻은 쇠도리깨를 보며 사람들은 충격에 빠졌다.

잔악무도하다던 멸천대의 소문이 피부로 와 닿는 순간이

었다.

광견은 아무 말 없이 좌중을 돌아보았다.

그의 손에 들린 쇠도리깨에서는 아직도 쇠뭉치가 기음을 내며 흔들리고 있었다.

하지만 모두 끝난 게 아니었다.

갑자기 바깥에서 정심문의 문도들이 장원으로 뛰어들었다.

단정한 백삼에 청검을 든 문사풍의 검수가 모두 삼십여 명.

그들은 유학룡의 시체를 보자마자 곧장 장산벽을 향해 앞다투어 질주했다.

그 모습이 꼭 커다란 학이 날개를 펼친 채 저공 비행을 하는 것 같았다.

하지만 새하얀 날개가 찢기고 피로 물드는 데는 촌각의 시간도 걸리지 않았다.

멸천대의 무인들이 휘둘러 대는 흉흉한 도검을 넘기에는 정심문의 무학이 너무나 얕았다.

연회가 벌어지던 장원 한쪽에는 순식간에 피로 물든 십여 구의 시체가 나뒹굴었다.

하지만 아직도 끝난 게 아니었다.

장산벽은 자신의 곁에 있던 도귀에게 명했다.

"지금 즉시 수하들을 이끌고 정심문으로 가라. 남녀노소를 불문하고 그곳에 있는 자들은 단 한 명도 살려두지 마라."

"존명!"

도귀가 수하 십여 명을 이끌고 바람처럼 사라졌다.

무서운 명령이다.

소문으로만 듣던 멸천대주의 독심을 직접 목격하는 순간.

그제야 사람들은 자신들이 얼마나 무서운 괴물과 마주하고 앉았는지를 실감했다.

잠시 쥐죽은 듯한 침묵이 지나간 끝에 구룡장주 공도명이 자신의 앞에 놓인 술잔을 단숨에 비웠다.

쾅!

탁자에 거칠게 술잔을 내려놓은 공도명이 장산벽을 향해 강한 어조로 말했다.

"빈틈을 보이지 말게. 언제고 틈을 보이는 순간 내가 자네의 목을 노릴 것인즉."

"그땐 장주께서도 목숨을 거셔야 할 겁니다."

"그러지."

공도명은 한바탕 독설을 토해내고는 안쪽으로 사라졌다.

공도명의 뒤를 이어 사람들도 앞에 놓인 술잔을 하나둘씩 비우고는 언짢은 기색으로 일어나 돌아가기 시작했다.

항주의 역사가 새로 쓰여지는 순간이었다.

"저자들이!"

오인강이 벌떡 일어섰지만 장산벽이 만류했다.

"그냥 두십시오."

“하지만.”
“쥐도 궁지에 몰리면 고양이를 무는 법. 오늘은 이 정도 선
에서 끝내기로 하지요.”

# 第三章

## 칼도 나눠 먹으면 산다

天山刀客

　항주 유일의 유가 문파였던 정심문이 멸문지화를 당했다
는 소문은 새벽이 오기 전에 이미 항주무림에 파다하게 퍼졌
다.
　정심문뿐만이 아니었다.
　단소운의 방문을 받고도 구룡장의 연회에 참석을 하지 않
은 다섯 개의 방파 역시 동이 터오를 때쯤엔 개미 새끼 한 마
리 남아 있지 않았다.
　하지만 항주의 혈사는 이제부터가 시작이었다.
　장산벽이 멸천대와 철갑기마대를 이끌고 북망동과 금룡문
을 칠 거라는 소문이 파다하게 퍼졌기 때문이다.

그들이 언제 어떤 식으로 공격을 할지 알 수 없는 가운데 항주무림은 쥐 죽은 듯 고요했다.

철갑기마대와 멸천대는 오랜 행군의 여독을 풀기라도 하려는 듯 구룡장에 틀어박혀 나오질 않았다.

풍문에 듣자하니 그들이 하는 것이라곤 하루 종일 먹고 자는 것이라고 한다.

압도적인 무력을 지닌 적들이 쳐들어올 걸 알면서 기다리는 것은 무척 괴로운 일이다.

시간이 흐를수록 금룡문 사람들은 초조함을 감출 수가 없었다.

그리고 마침내 장산벽으로부터 사자가 왔다.

당일 정오를 기해 금룡문을 방문할 테니 대문을 활짝 열어놓고 맞으라는 것이다.

선전포고였다.


"제자들을 다섯 곳에 나누어 배치하고 기관을 발동시켜 놓았습니다."

은도천을 비롯한 금룡문의 중요 인물들이 모두 모인 자리에서 하풍달이 보고를 했다.

"제자들의 사기는 어떠냐?"

은도천이 물었다.

"정심문이 멸문했다는 소식을 들은 이후로 모두들 두려움에 떨고 있습니다.”

“음, 그렇기도 하겠지. 그처럼 많은 적을 본 게 처음일 테
니까.”

은도천은 고개를 돌려 용악산을 보며 말했다.

“너는 이런 식의 전투에 대한 경험이 많겠지?”

“……?”

“천산에서 기련검 노일야 대협과 함께 마인들과 전투를 벌
였으니 말이야. 이제부터 모든 지휘권을 금룡문의 장제자인
너에게 일임하겠다. 아무래도 나보단 네가 나을 것이다. 그리
고 너희들도 모두 파랑이의 명령을 내 말처럼 따라야 할 것이
다. 지금은 전시다. 전시의 명령은 목숨으로 따라야 한다. 알
겠느냐.”

그러나 대답은 선뜻 흘러나오질 않았다.

용악산을 따르는 것이 싫어서가 아니라, 누가 지휘를 하든
마땅한 돌파구가 없기 때문이었다.

은도천이 제자들을 직접 독려하겠다며 자리를 비웠고 내
실에는 적전제자들만 남았다.

용악산은 사람들을 한차례 둘러보았다.

뭐가 불만인지 시종일관 입이 한 자나 튀어나와 있는 공춘
보.

안절부절못하는 표정으로 쉴 새 없이 눈알을 굴리고 있는
하풍달.

굳게 다문 입술에 강한 투지가 느껴지는 표자룡.

얼굴 가득 걱정스런 기색이 떠나질 않는 은서령.

그리고 대초자곤에 묵묵히 기름을 먹이고 있는 채홍만.

용악산은 그들 하나하나와 눈을 맞춘 후 말했다.

"너희들이 두려워하는 모습을 보이면 이대 제자들은 의지할 곳이 없다. 그들 앞에서 끝까지 의연한 모습을 보여라."

"다 죽게 생겼는데 어떻게 의연하게 있으라는 말입니까?"

이판사판이라고 생각했는지 공춘보가 불만을 터뜨렸다.

"죽긴 누가 다 죽는단 말이냐?"

"대사형!"

"춘보와 풍달은 지금까지 그래왔던 것처럼 상시 붙어 있어라. 그리고 이 말 한 가지만 명심하면 벽에 똥칠할 때까지 살 것이다. 칼도 나눠 먹으면 산다."

잠시 싸한 침묵이 흘렀다.

용악산의 말투가 어쩐지 평소와 달랐기 때문이다.

아니나 다를까, 공춘보가 시비를 걸어왔다.

"대사형, 지금 그걸 우스갯소리라고 하신 겁니까?"

"내 말, 명심해."

"이대제자들의 사기도 사기지만 싸울 수 있는 무기가 너무 적습니다. 저마다에게 지급한 철검 한 자루가 무기의 전부입니다. 지리의 이점이 있으니 화살만 충분했어도 훨씬 나을 텐데……."

하풍달이 말했다.

"하 사형 말씀이 맞아요. 이럴 줄 알았으면 무슨 수를 써서라도 화살을 넉넉히 준비해 놓았을 텐데. 지금 있는 거라곤 활 열 대와 사냥용 화살 수십 발뿐이니."

은서령이 말했다.

"저들이 한 달 전에 시중의 병장기들을 싹쓸이했다고 하잖아. 알았어도 이미 늦었어."

하풍달이 말했다.

"그건 그렇지만… 휴우, 활과 화살이 이렇게 아쉬울 줄은 미처 몰랐어요."

"활과 화살이 있었어도 소용없다."

용악산이 말했다.

"예?"

은서령이 되물었다.

"화살 따위로는 철갑기마대의 강철 갑옷을 뚫을 수가 없을 테니까."

"그들의 갑옷이 그 정도인가요, 무인이 쏘는 화살에도 뚫리지 않을 만큼?"

"철갑기마대가 괜히 무적이라는 말이 떠돌았겠느냐."

"하면 그들의 갑옷을 뚫을 수 있는 게 뭐죠?"

"창."

"창이면 될까요?"

"위에서 아래로 던지는 창은 위력이 배가되지. 장원 외장의 높이는 가장 낮은 곳이 십여 장. 그 정도면 놈들의 갑옷을 어떻게 뚫을 수는 있겠지."

"어떻게 뚫을 수는 있겠지라는 말은 그걸로도 부족하다는 말씀인가요?"

"단순히 갑옷을 뚫는 것과 저들의 명줄을 끊어놓는 것은 다르니까."

"하면 어떻게 해야 하죠?"

"보통 창보다 두 배는 무거운 중창(重槍)이라야 하겠지."

"휴, 지금 이 상황에서는 들으나 마나 한 소리네요. 그냥 창도 구할 수 없는데 중창을 어디서 구하겠어요."

확실히 그랬다.

금룡장은 천목산 꼭대기에 지어진 장원.

산세도 산세거니와, 외벽을 성처럼 높이 올렸기 때문에 위에서 장창을 던져 댄다면 초반에 적들의 기세를 꺾어놓기에 상당히 유리할 것이다.

창의 양이 많다면 상당한 기간 동안 수성을 할 수도 있을 것이다.

그야말로 일당백의 싸움을 할 수 있는 지리적 이점을 취하고도 무기가 모자라 그 이점이 무용지물이 되는 순간이었다.

사정이 이러한데도 용악산은 무슨 생각을 하는지 시종일관 태연한 모습이었다.

그런 사람은 또 있었다.

채홍만, 그는 이따금씩 피식피식 바람 빠지는 소리를 내며 뒤돌아 웃곤 했다.

마치 앞으로 벌어질 싸움이 무척이나 흥분되고 떨리는 듯.

그 모습이 마음에 들지 않은 공춘보가 자리를 박차고 일어났다.

"에잇, 술이나 한 사발 해야지 진짜."

거칠게 방문을 열고 나간 공춘보는 촌각도 되지 않아 다시 문을 박차고 들어왔다.

"대, 대사형, 좀 나와보십시오."

*　　　*　　　*

금룡문을 찾아온 사람은 모두 열 명.

술에 취해 발그스레한 얼굴을 한 거지, 청삼을 단정하게 차려 입은 선비, 팔뚝이 굵은 뱃사공 등 각양각색의 군상들이 어정쩡한 모습으로 서 있었다.

다들 어디선가 한 번쯤은 본 얼굴들이었다.

호리병을 들고 있는 저 거지는 최근 들어 부쩍 금룡문 주변을 돌아다니던 작자요, 청삼의 선비는 전단강 하류의 어느 마을에서 학관을 연 선비다.

그런가 하면 건장한 체구에 팔뚝이 굵은 사내는 반년 전부터 전단강에서 나룻배를 모는 뱃사공이었다.

이런 안면 정도를 넘어 확실하게 아는 사람도 있었다.

빡빡 머리에 뱀 문신을 새겨 넣은 험상궂은 승려.

"헉, 스, 스님은!"

하풍달과 공춘보의 입에서 동시에 비명이 터져 나왔다.

지금은 사라지고 없는 용무관이 공춘보와 하풍달을 납치해다가 독을 먹인 후 땅속에 묻었을 때 지나가던 승려 하나가 두 사람을 구해주었는데, 그때 그 승려가 바로 저 이였다.

물론 그건 두 사람의 생각이었다.

"허허, 시주들께서 여기에 사셨구려. 모두가 부처님께서 보살펴 주신 인연이로다. 나무아미타불."

석승이 짐짓 시치미를 떼며 합장했다.

공춘보와 하풍달이 얼떨결에 마주 합장을 했다.

"스님께서 여긴 어떻게?"

하풍달이 퍼뜩 정신을 차리고 물었다.

"듣자하니 요즘 항주에 사악한 작자들이 나타나 말썽을 피운다면서요? 그 얘기를 듣고 가만히 있을 수가 있어야지요."

"스님, 싸움은 좀 할 줄 아시우?"

공춘보가 눈을 가늘게 뜨며 물었다.

"내가 이래봬도 소싯적엔 주먹다짐 좀 했소이다."

소매까지 걷어붙이며 씩씩거리는 석승의 모습에서 더 이상 점잖은 승려의 모습은 찾아볼 수가 없었다.

금룡문 사람들이 보기에 그 모습이 심히 신뢰가 가지 않았
다.

하지만 단 두 사람만은 예외였다.

용악산과 채홍만은 동시에 똑같은 생각을 했다.

'주먹다짐으로 사람을 죽이니 문제지.'

"그런데 다른 사람들은 어떻게⋯⋯?"

은서령이 말끝을 흐리며 물었다.

그러자 여기저기서 대답들이 나왔다.

자신들도 항주 사람으로서 장산벽 일당이 하는 짓을 도저
히 못 봐주겠다.

돌아보니 놈들과 맞서 싸운다는 곳은 여기 금룡문뿐이더
라.

적은 힘이나마 보탤 테니 함께 싸우게 해달라.

대충 이런 내용들이었다.

용악산과 채홍만을 제외한 금룡문 사람들은 가슴이 뜨거
워졌다.

이런 민초들도 싸우겠다고 분연히 일어서는데 항주무림은
제대로 싸워보지도 않고 무릎을 꿇다니.

하지만 한편으로는 걱정도 되었다.

"말씀들은 고마운데 칼이나 한번 제대로 휘둘러들 보셨소?
이건 돼지를 잡거나 생선 배를 가르는 것과는 차원이 다른 문
제요."

아직도 미덥지 않은 공춘보가 사람들을 휘둘러보며 말했다.

용악산의 수하들은 서로 눈치를 보며 뭐라고 말을 해야 할지 난감했다.

그 모습을 경험이 없다는 것으로 알아들은 공춘보가 땅이 꺼져라 한숨을 쉬었다.

채홍만은 터져 나오는 웃음을 참느라 얼굴이 묘하게 일그러졌다.

저만치 사람들과 함께 뒤섞여 있던 유소악의 얼굴이 붉으락푸르락해졌다.

별 시답지도 않은 인사에게 무시를 당하는 것도 분한데 채홍만까지 킥킥댔기 때문이다.

유소악은 갑자기 등에 꽂은 두 자루의 낫을 뽑아 들었다.

쑤앵! 쑤앵!

두 자루의 낫이 순식간에 유소악의 손을 떠나 공춘보의 가랑이 사이로 지나갔다.

화들짝 놀란 공춘보가 후다닥 뒤로 물러났을 때는 두 자루 낫이 뒤편의 기둥에 예(乂) 자 모양으로 엇질러 박힌 상태였다.

하풍달이 침을 한 번 꿀꺽 삼키더니 얼른 기둥으로 달려가 낫을 뽑았다.

"파, 파리… 두, 두 마리가……."

하풍달은 다음 말을 잇지 못하고 유소악과 낫을 번갈아 보았다.

말하지 않아도 알 수 있었다.

유소악이 던진 두 자루 낫, 쌍겸에 파리 두 마리가 모두 두 동강 났다는 것이다.

그 거리에서 파리가 보인 것도 신기하거니와, 낮게 날아 공춘보의 가랑이를 통과한 후 다시 솟아올라 머리 높이에 있는 파리를 잡은 것도 경천동지할 노릇이었다.

공춘보는 동지섣달 새벽 찬바람을 맞으며 오줌을 눈 사람처럼 한차례 부르르 떨었다.

은서령은 활짝 웃으며 달려가더니 유소악에게 포권을 했다.

"우리, 전에 본 적이 있죠?"

"……."

유소악은 용악산의 눈치를 보며 머리를 긁적였다.

그는 한때 용악산의 특명을 받고 은서령을 은밀히 지켜준 적이 있었다.

"그때 은혜를 갚지 못해 안타까웠는데 이렇게 다시 뵙네요. 뭐라고 감사를 드려야 할지."

"전 다만… 그러니까, 그게……."

은서령은 속사정도 모르고 유소악을 사형들에게 바쁘게 소개시켜 주었다.

하풍달, 공춘보, 표자룡은 처음 보는 사이였지만 채홍만과 용악산은 조금 난감했다.

그때쯤엔 소식을 듣고 달려온 은도천도 있었다.

은서령은 유소악을 만나게 된 경위를 사람들에게 설명하며 그가 특별한 손님임을 설파했다.

공춘보와 하풍달은 석승을 만나게 된 경위를 또 설명했다.

한참 동안 구구절절한 설명이 이어지자 석승이 말을 자르고 들어왔다.

"저기 소저, 그것보다……."

"예, 제게 하실 말씀이라도 있으신가요?"

"저기 저 학관 선비가 뭔가 쓸 만한 물건을 가져왔다고 하더이다."

석승의 말에 추립이 몇 사람과 함께 커다란 수레 석 대를 끌고 왔다.

그리고는 위에 덮은 풀을 치우자 놀라운 물건들이 나타났다.

"뜨아!"

"흐억!"

공춘보와 하풍달이 단말마를 토해냈지만 놀라움은 모두의 것이었다.

"혹, 필요할까 싶어 좀 구해왔습니다만 도움이 될지 모르겠군요."

“도움이 되다마다요. 이 은 모가 여러분께 큰 은혜를 입었습니다.”

진심으로 감복한 은도천이 깊게 포권을 했다.

추립이 마주 포권을 하며 말했다.

“도움이 되실 것 같다니 다행입니다.”

추립이 석 대의 수레에 싣고 온 것은 고래잡이용 작살이었다.


＊　　＊　　＊


장산벽이 구룡장에서 사흘 동안이나 머문 것은 일종의 전술이었다.

오랜 여행에 지친 철갑기마대는 충분한 휴식을 필요로 했다.

자신들의 승리를 의심하지 않았기에 그들은 두 발 뻗고 잘 수 있었다.

그리고 사흘쯤 지나니 몸이 근질근질해지면서 바짝 약이 올랐다.

금룡문 사람들의 경우는 정반대였다.

전투의 공포는 사람을 지치게 한다.

더구나 그 전투가 마지막이 될지 모른다면 기다리는 동안의 피로는 극에 달한다.

며칠 밤을 뜬눈으로 지새운 금룡문의 사람들은 하나같이 퀭한 눈동자로 적들을 맞아야 했다.

천목산 꼭대기에 세워진 금룡문의 장원은 차라리 성이나 다름없었다.

실제로 항주 사람들 중 일부는 금룡문의 장원을 금룡성이라고 부르기도 했다.

장원 밖 천목산의 중턱 오천 평을 꽉 채우며 포진한 철갑기마대와 멸천대의 위용은 하늘을 찌를 듯했다.

금룡문 사람들은 장원 외벽 위에 설치된 보도(堡道)에서 아래를 굽어보았다.

만약 저것들이 일시에 성안으로 들이닥친다면 어떻게 될까?

아무리 생각해도 이번 싸움은 승산이 없다.

다른 조건을 모두 배제하고 전쟁의 승패는 병사의 숫자와 군수품, 그리고 얼마나 많은 고수를 보유하고 있느냐에 달렸다.

그런 면에서 봤을 때 숫자, 군수품, 보유하고 있는 고수의 숫자 등 모두가 적들에 비해 압도적으로 열세였다.

하늘이 무너져도 이길 수가 없는 싸움.

금룡문 사람들의 표정은 딱딱하게 굳어갔다.

한동안 공포 분위기가 지속되는가 싶더니 적들이 대열을 갖추기 시작했다.

“어어, 저거, 지금 공격할 모양인데?”

공춘보가 말했다.

“가만 좀 계시오.”

하풍달이 면박을 주었다.

“지금 가만있게 생겼냐? 저놈들이 개떼처럼 들이닥치려고 하는데.”

“놈들이 들이닥칠 줄 몰랐소? 왜 이리 호들갑이오?”

“무슨 대책이라도 세워야 할 것 아니야!”

“우리가 여태 놀았소?”

“끄응, 그건 그렇지만…….”

가장 앞쪽에 선 자들은 이십 명의 거한이었다.

엄청난 크기의 통나무를 지네 발처럼 밧줄로 묶고 양쪽에서 그걸 들고 있었다.

전투가 시작되면 정문을 부술 선발대인 것이다.

그들의 뒤에는 돌격용 장창을 든 철갑기마대 오백이 투구를 깊게 눌러쓴 채 마상에서 대기하고 있었다.

마지막으로 철갑기마대의 뒤에는 멸천대 일백이 강궁을 들고 있었다.

선발대가 정문을 향해 돌진하는 순간 멸천대가 화살을 성안으로 쏘아대며 엄호를 할 것이다.

금룡문이 제대로 된 반격을 못하는 사이 정문이 뚫리면 철갑기마대가 질풍처럼 달려와 장원을 쑥대밭으로 만들 셈이었다.

가장 단순하면서도 정직한 공성 전술이다.

적들이 이렇게 단순한 작전을 구사할 수 있었던 것은 금룡문 무인들의 숫자가 워낙 적었기 때문이다.

겨우 백여 명 정도로의 숫자로는 그 어떤 전술도 펼칠 수가 없었고 장산벽은 그걸 너무나 잘 알고 있었다.

또각, 또각, 또각.

적아가 첨예하게 대치한 상태에서 장산벽이 말을 몰아 앞으로 다가왔다.

그는 고개를 들어 외벽 위에서 내려다보고 있는 용악산을 향해 말했다.

"오랜 만이군."

"목숨이 질기군."

"내가 다시 보게 될 거라 하지 않았던가?"

"피를 보기엔 날씨가 너무 화창하지 않나?"

"그렇군. 빨리 끝내야겠어."

장산벽이 하늘을 한번 올려다보더니 말했다.

그가 다시 용악산을 향해 고개를 돌리며 말했다.

"더 빨리 끝내는 방법이 있는데 말이야. 금룡문의 문주께서 정문을 열고 나와 내게 머리를 조아리면 당신의 얼굴을 봐서라도 이대로 물러나지. 어떤가?"

어차피 거절할 줄 알고 해오는 질문이었다.

용악산은 곁에 있던 석승을 향해 가볍게 고개를 끄덕였다.

강궁을 쥐고 있던 석승이 시위를 잔뜩 당기더니 화살 하나를 쏘아 보냈다.

피융!

대기를 찢으며 날아간 화살은 정확히 오십 장 밖에 있던 철갑기마대의 깃발을 스쳤다.

부아악!

그 순간 바람에 힘차게 펄럭이던 아홉 마리의 흑룡이 순식간에 갈기갈기 찢어졌다.

아홉 마리의 흑룡기는 설산구룡을 상징했다.

그 흑룡기를 찢어놓았으니 설상구룡과 그들이 이끄는 철갑기마대의 얼굴이 일그러지는 것은 당연했다.

"와아아!"

금룡문의 사람들이 일제히 함성을 질렀다.

"그렇군. 확실한 대답이 되었어. 후훗."

장산벽은 가볍게 웃더니 말을 몰아왔던 길을 되돌아갔다.

그가 설산구룡과 나란히 서더니 한 자루 대도를 뽑아 들며 외쳤다.

"포로 따위는 필요없다! 오늘부로 금룡문을 세상에서 지운다! 돌격!"

"와아아아아아아!"

장산벽의 말이 끝나기가 무섭게 천지를 진동시키는 함성

이 들려왔다.

첫 번째 움직임은 역시 통나무를 짊어진 선발대였다.

그들이 물살을 가르는 배처럼 빠르게 정문을 향해 돌진했다.

이어 가장 뒤편에 있던 멸천대의 강궁이 부러질 듯 휘었다.

파파파파파파팟!

허공으로 솟아 오른 백여 발의 화살이 파란 하늘 가득히 빗살 무늬를 만들었다.

힘의 정점에서 포물선을 그린 화살이 장원 외벽을 넘어 일시에 쏟아졌다.

"간(干)!"

용악산의 일갈에 사람들이 일제히 나무로 짠 방패를 어깨 위로 들어 올렸다.

투투투투투투!

화살이 방패에 박히면서 우박 쏟아지는 소리가 들렸다.

소리는 계속해서 들렸다.

멸천대의 궁술은 대단했다.

착시와 발시의 간극이 짧았으며 위력 또한 강맹했다.

대저 궁술이란 검법이나 도법과는 또 달라서 사용하는 근육이 다르며 상당히 섬세한 감각을 필요로 한다.

또한 거리를 재고 화살의 궤적을 고려하여 쏘는 안법 또한 중요했다.

이는 궁술이 도법이나 검법을 익혔다고 해서 하루아침에 대성할 수 있는 무학이 아니라는 걸 말해준다.

그럼에도 불구하고 멸천대의 궁술은 수십 년 동안 수련을 해온 전문 궁사 이상이었다.

다른 것을 다 배제하더라도 철심을 박아 만든 강궁은 아무나 휠 수 있는 게 아니었다.

놈들이 쏜 화살은 단 한 발도 허투루 날아오지 않았다.

정확히 외벽에 둘러선 금룡문 사람들을 겨냥하고 날아왔다.

때문에 금룡문의 사람들은 방패 밖으로 얼굴을 내밀 생각을 못했다.

화살 하나가 박혔다 싶으면 다른 화살이 날아오고, 이제 좀 얼굴을 내밀까 하면 또 다른 화살이 날아오고.

적들은 화살비로써 오십여 장 바깥에 있는 금룡문 사람들을 완벽히 감금한 것이다.

그때 엄청난 굉음과 함께 대기를 뒤흔드는 진동이 전해졌다.

쿵!

멸천대가 엄호를 하는 동안 선발대의 통나무가 마침내 정문에 부딪친 것이다.

"대사형, 정문이 위험합니다!"

하풍달이 소리쳤다.

“아직은 아니다.”

“하지만.”

“기다린다!”

용악산이 기다린다고 하면 기다리는 것이다.

이런 대규모의 전투 경험이 없는 금룡문 사람들에게 다른 여지가 없었다.

또한 황하에서 장산벽을 무찔렀다고 하지 않은가.

그들에게 실낱같은 희망이 있다면 그건 바로 용악산의 존재였다.

굉음은 계속 들려왔다.

쿵! 쿵! 쿵!

높이가 오 척에 달하는 거대한 정문을 두들기니 그 소리가 장원을 비롯한 천목산 골짜기 전체에 쩌렁쩌렁 울렸다.

그리고 어느 순간부터 소리에 변화가 생겼다.

깔끔한 단음이 아닌 두 갈래 세 갈래로 찢어지는 파열음이었던 것이다.

“대사형, 정문이 부서지고 있어요!”

이번엔 은서령이 소리쳤다.

“기다린다!”

용악산의 대답은 이번에도 마찬가지였다.

그리고 마침내 지금까지와는 전혀 다른 소리가 들렸다.

꽈자자작!

정문의 한쪽이 부서진 것이다.

"와아아아아!"

엄청난 함성과 함께 통나무를 든 선발대가 기다렸다는 듯이 뒤로 빠졌다.

그들이 빠지는 것과 동시에 철갑기마대 오백이 지축을 흔들며 달려오기 시작했다.

두두두두두두두!

말과 사람이 철갑으로 무장을 하고, 한 손에는 일반 장창에 비해 두 배나 긴 돌격창을 들고 질주하는 인간 전차들.

마치 거대한 해일이 덮쳐 오는 것 같았다.

第四章
금룡문의 비밀

天山刀客

장산벽은 백여 장 밖에서 전투의 양상을 관망하고 있었다.

그가 말했다.

"이상해."

"뭐가… 말인가요?"

단소운이 조심스럽게 물었다.

"이렇게 쉬울 리가 없잖아."

"처음부터 중과부적이었어요."

"그렇지 않아. 이번 전투는 지금까지 겪은 그 어떤 전투보
다 힘든 싸움이었어야 해. 그래야 정상이야."

그러고 보니 단소운도 이상한 점이 아주 없는 것은 아니

었다.

환희방의 장원에서 만난 금룡문의 제자들은 강했다.

특히 장제자인 천산도객의 무공은 상상을 초월할 정도였
다.

젊은 나이에 그런 성취를 이룬 자가 둔재일 리 없었다.

일대일의 승부를 겨루는 무인들의 생사결과 대규모의 전
투가 아무리 양상이 다르다고는 하지만 어떤 식으로든 충분
한 대비를 이뤘어야 했다.

그런데 정문이 너무도 쉽게 무너지지 않았는가.

"단 매, 저 장원을 지은 자들이 누구라고 했지?"

"환희방의 방주가 방대한 인맥을 동원해 지었다고 했어
요."

"방대한 인맥?"

"토목공사에서부터 석재와 목재의 운반까지 뇌신통이라는
희대의 기인이 산 정상을 날리면 솜씨 좋은 장인들이 터를 다
지고……."

"그게 아니야. 다른 사람의 개입이 없었는지를 묻는 거
야."

"다른 사람이라면……?"

"평범한 목수들 외에 특별한 인사들 말이야."

"이런!"

순간, 단소운은 뒤통수를 망치로 두들겨 맞은 것 같은 충격

을 느꼈다.

그녀가 다급한 목소리로 말했다.

"환희방의 담을 넘을 때 십지환가의 흔적을 발견했어요. 어쩌면 환희방주가 그들을 움직였을 수도 있어요."

단소운의 말이 끝나기도 전에 장산벽의 사자후가 천지를 진동시켰다.

"퇴각하라!"


오인강은 용 같고 범 같은 오십 명의 철갑기마대를 이끌고 선두에 있었다.

오인강뿐만이 아니었다.

설산구룡 모두가 각자의 수하들을 이끌고 정문을 향해 모래폭풍처럼 돌진하고 있었다.

궁전이 멈추자 이제는 금룡문의 무인들이 외벽 위에서 화살을 쏘아댔지만 이미 터진 물길을 막기에는 역부족이었다.

게다가 저들이 쏘아대는 화살이라는 것이 멸천대가 쏜 화살을 목간으로 막아 그걸 다시 뽑아 되쏘는 정도였다.

놈들은 화살 하나도 제대로 갖춘 것이 없는 것이다.

결정적으로 화살로는 철갑기마대의 강철 갑옷을 뚫을 수가 없었다.

사정이 그러니 정문을 뚫고 들어가 성안에 있는 자들을 도륙하기만 하면 된다.

그런데 때 아닌 퇴각 명령이 들려온 것이다.

"이게 무슨!"

달려가는 와중에 오인강이 뒤를 돌아보았다.

굳센 산악처럼 버티고 서 있는 장산벽의 곁에 기수가 백기를 미친 듯이 휘둘러 대고 있었다.

분명 퇴각 명령이다.

그때쯤 선두의 일부는 이미 정문을 통과해 장원 내부에서 금룡문 사람들과 격전을 벌이고 있었다.

정문 주변엔 웅덩이에 고인 물처럼 철갑기마대가 새까맣게 몰려들고 있었다.

"형님! 어쩌시렵니까!"

설산구룡 중 둘째인 황충이 다가와 오인강을 불렀다.

"돌아볼 것 없다. 계속 돌진한다."

"하지만 멸천대주가……."

"이미 선기를 잡았다. 여기서 물러날 이유가 없지 않느냐!"

"퇴각하셔야 합니다. 멸천대주는 허튼 명령을 내릴 사람이 아닙니다."

오인강은 인상을 와락 구겼다.

십종가는 장산벽에게 최강의 멸천대를 주었다.

멸천대의 명성은 정마대전이 벌어지는 내내 천하를 떨어 울렸다.

오인강은 언제나 멀리서 그런 장산벽의 활약을 지켜보기

만 했다.

언젠가는 반드시 장산벽의 명성을 뛰어넘을 것이라 다짐하면서.

그러던 어느 날 그에게 기회가 주어졌다.

설산구룡을 이끌고 중원 동북쪽 국경 지대의 요동별기군에 신분을 속이고 편입하라는 명령이 떨어진 것이다.

그는 지난 십 년 동안 요동별기군, 지금의 철갑기마대를 무적의 전차 군단으로 만들었다.

정마대전이 벌어지는 동안엔 사람들이 멸천대를 기억했다.

하지만 앞으로는 철갑기마대를 기억하게 될 것이다.

지금까지는 확실하게 사람들의 뇌리에 각인시켰다.

새로운 전쟁의 시작이 철갑기마대로부터 시작되어 순식간에 전세를 압도했으니까.

그런데 대가주는 장산벽에게 강동 정벌대의 수장 자리를 주었다.

철갑기마대가 멸천대의 뒤치다꺼리를 하게 된 것이다.

그렇게 만들 수는 없었다.

"계속 전진한다!"

"형님!"

"모든 책임은 내가 진다!"

오인강은 칼로 자르듯 명령을 내림으로써 그 어떤 반론도 허락하지 않았다.

설산구룡은 모두 장산벽과 멸천대에 비슷한 감정을 갖고 있었다.

그들의 눈빛이 허공에서 교차하는 것도 잠시, 곧 굳은 결심을 한 듯 서로를 향해 고개를 끄덕이고는 자신의 수하들을 향해 공격 명령을 내렸다.

"일조, 길을 열어라!"

"이조, 뒤를 받친다!"

"삼조, 적들을 도륙하라!"


장산벽은 외벽 위에 있던 용악산이 어딘가를 향해 효시(嚆矢:신호용 화살)를 날리는 것을 보았다.

삐이이이이—!

"이런!"

짧은 장산벽의 탄식은 이어지는 기음에 묻혔다.

철컥!

무언가 거대한 기관이 움직이는 듯한 소리.

평범하기 짝이 없던 외벽에 기이한 문양이 생겨나기 시작했다.

문양은 삽시간에 사방으로 번져 갔다.

자세히 보니 그것은 화강암 벽돌 사이사이에 나타난 작은 구멍들이었다.

철컥, 철컥, 철컥.

구멍은 여름날 곰팡이가 번지듯 무서운 속도로 번져 갔다.

마치 형체없는 짐승 수백 마리가 발바닥에 먹물을 묻힌 후 뛰어다니듯.

철컥, 철컥, 철컥.

소리는 끝도 없이 이어졌고 이내 정면을 중심으로 외벽의 십여 장을 가득 채웠다.

오인강은 그제야 뭔가 잘못됐음을 깨달았지만 이미 늦은 뒤였다.

파아아아아아.

작은 소리 수천 개가 모여서 만들어내는 하나의 소리.

해안 절벽에 부딪치는 파도 소리 같기도 하고, 울창한 송림을 지나가는 폭풍 소리 같기도 한 그것이 일시에 울려 퍼졌다.

구멍 속으로부터 공간을 물샐틈없이 채우며 튀어나온 것은 수백 개의 단창이었다.

따다다다다당!

단창은 화살로는 뚫지 못했던 철갑기마대의 강철 갑옷을 관통해 심장을 꿰뚫었다.

말의 가슴과 머리를 에워싸고 있던 흉갑도 뚫렸다.

평범한 단창이 아니었다.

날카롭기는 비수와도 같고 단단하기는 강철과도 같았다.

무엇보다 사람의 근육으로는 만들어낼 수 없는 위력을 기관장치의 힘을 빌려 내고 있었다.

그것이 어지간한 창에도 뚫리지 않는 철갑기마대의 강철 갑옷이 뚫린 이유였다.

말이 쓰러졌고 기마병이 떨어졌다.

"으아아아악!"

"크아아아!"

끼히히힝!

말과 사람들이 질러대는 비명으로 천목산 중턱은 삽시간에 아수라장이 되었다.

일부는 쓰러지고 일부는 단창을 몸에 꽂은 상태에서 퇴각을 했다.

정문이 부서지는 바람에 철갑기마대가 장원의 외벽 가까이 다가온 탓에 그 피해는 더욱 컸다.

용악산이 정문이 부서지는 걸 감수하고도 시간을 기다린 이유가 거기에 있었다.

기세등등하던 철갑기마대의 첫 공격이 실패로 끝나자 외벽 위에선 금룡문 사람들의 환호성이 터져 나왔다.

장산벽은 인상을 있는 대로 찌푸렸다.

하지만 지금은 철갑기마대를 이끌고 있는 설산구룡을 나무랄 때가 아니었다.

외벽 가까운 곳엔 단창에 꿰뚫린 철갑기마대가 참혹한 모습으로 뒹굴고 있었다.

저들을 저대로 두었다간 아군의 사기가 말이 아니게 된다.

죽더라도 저곳에서 저렇게 죽게 두어선 안 된다.

"끼럇!"

장산벽은 즉시 말을 몰아 정문을 향해 달려갔다.

뒤늦게 단소운이 그를 만류하려 했지만 장산벽의 움직임은 그녀가 도저히 어떻게 해볼 수 있는 수준이 아니었다.

장산벽이 달려가는 속도에 맞춰 구멍 속에서 또 한 번 수백 개의 단창이 작렬했다.

따다다당!

장산벽은 대도를 휘둘러 자신을 향해 쏘아져 오는 단창을 모조리 튕겨냈다.

부러지고 잘려진 단창의 파편들이 사방으로 튀었다.

이윽고 그가 정문에 도착한 순간 외벽의 구멍 속에서 세 번째 단창이 모습을 드러냈다.

장산벽은 허공을 향해 몸을 솟구쳤다.

동시에 단창이 작렬했다.

파파파파파팟!

조금 전까지 장산벽이 타고 있던 말의 몸뚱어리를 십여 개의 단창이 꿰뚫었다.

말이 비명 한 번 지르지 못하고 즉사하는 사이 장산벽은 이미 정문을 지나 외벽의 서쪽 중간까지 비상하고 있었다.

용악산이 효시를 쏘는 순간 그는 외벽 전체를 조망했다.

효시로는 기관을 움직일 수 없다.

분명 누군가 효시를 신호로 기관을 움직이는 사람이 있을 것이라 생각한 것이다.

운 좋게도 그것은 서쪽 외벽의 중간쯤에 자리한 구멍에 있었다.

화살 구멍처럼 위장을 하고 있지만 실제로는 바깥 동태를 살피기 위해 뚫어놓은 구멍이었다.

장산벽은 구멍의 아래쪽을 향해 강기가 담긴 일권을 떨쳤다.

퍼엉!

주먹이 작렬한 지점을 중심으로 방원 다섯 장 내에 균열이 생겼다.

퍼엉! 퍼엉!

주먹을 두 번이나 연달아 떨쳐 내자 마침내 구멍의 아래쪽이 와르르 무너졌다.

그리고 나타나는 복잡한 기관 장치.

장산벽은 한 손으로 벽호공을 펼쳐 무너진 외벽의 일부를 붙들어 잡은 다음 다른 손을 구멍 속으로 쑥 집어넣었다.

순간,

"죽어랏! 후레자식!"

낯익은 목소리가 질펀한 욕설과 함께 대도로 장산벽의 손목을 잘라왔다.

공춘보였다.

장산벽은 금나수의 수법을 펼쳐 손목을 비틀어 대도를 피하는 한편 칼등을 손가락으로 집었다.

그리고 칼을 잡아당기면서 손목을 꺾자 대도가 엿가락처럼 구부러졌다.

"허억!"

공춘보가 놀란 비명을 지르는 사이 장산벽의 오른 주먹에 불덩어리가 맺혔다.

이어 터지는 폭발음.

퍼어어엉!

웅장한 소리와 함께 기관 장치는 박살이 났다.

그와 동시에 외벽에서 일정한 간격으로 쏘아지던 수백발의 단창이 거짓말처럼 멈췄다.

그 틈을 타 멸천대가 달려와 쓰러진 철갑기마대들을 구출해 갔다.

살아남은 철갑기마대가 함성을 질렀다.

하지만 장산벽의 볼일은 거기서 끝난 게 아니었다.

그는 당한 만큼 꼭 돌려주어야 하는 성미였다.

"네놈은 그의 사제였지?"

말과 함께 장산벽의 우악스런 주먹이 공춘보의 발목을 움켜쥐었다.

마치 교룡이 강가에 물을 마시러 온 송아지를 끌고 가는 것
처럼 엄청난 악력.

"허억! 제기랄!"

중심을 잃은 공춘보는 바닥에 털썩 쓰러졌다.

미쳐 반격을 하고 말고 할 것도 없었다.

순식간에 외벽에 난 구멍을 통해 쑥 빨려가더니 허공에 무
방비 상태로 놓였다.

장산벽이 공춘보를 당겨 다섯 장 높이의 허공으로 던져 버
린 것이다.

그 아래에는 하늘을 향해 돌격용 장창을 치켜든 철갑기마
대 십여 명이 기다리고 있었다.

이렇게 되면 낙법이고 뭐고 소용없었다.

떨어지는 순간 십여 개의 장창에 온몸을 꿰뚫리는 것이다.

"으아아악! 사람 살려!"

공춘보는 본능적으로 버둥거리면서 목이 터져라 고함을
질렀다.

그 순간에도 그는 십여 장 아래를 향해 곤두박질쳤다.

성안에서 금룡문 사람들이 비명을 질렀다.

정녕 저 소리가 이승에서 듣는 마지막 소리인가.

번뜩이는 창날이 급격하게 커지는 순간 공춘보는 두 눈을
질끈 감았다.

사지가 오므라들며 자신도 모르게 온몸에 힘을 바짝 주

었다.

장창이 몸을 관통할 것을 상상한 신체의 본능적인 반응.

첫 느낌은 화끈했다.

불같기도 하고 얼음 같기도 한 그 무엇이 허리를 휘감은 것이다.

허리를 휘감아?

공춘보는 무언가 이상함을 느끼고 눈을 번쩍 떴다.

그와 동시에 아래를 향해 곤두박질치던 그의 몸이 허공을 향해 쑥 빨려 올라갔다.

강하게 역행하는 힘으로 인해 한껏 응축되었던 공춘보의 팔다리가 축 늘어졌다.

허리가 끊어질 듯 아파왔지만 그게 창날이 아니라는 걸 아는 순간 고통은 희열로 바뀌었다.

공춘보는 자신의 허리를 휘감은 밧줄 끝을 단단히 움켜잡고 있는 사람의 얼굴을 확인하는 순간 울컥했다.

'대사형!'

용악산이 밧줄을 던져 죽기 직전의 자신을 구출한 것이다.

한편, 이미 땅으로 떨어져 내려 있던 장산벽은 그 모습을 담담하게 바라보고 있었다.

밧줄은 살아 있는 생물체가 아니다.

더구나 다섯 장이나 길게 뻗어낸 상태에서 강기를 주입해 끝 부분을 마음대로 조종하는 건 아무나 펼칠 수 있는 신기가 아니었다.

'역시 대종사의 전인이라 이건가?'

마침내 공춘보는 외벽 위로 모습을 감추었다.

그가 모습을 감춘 뒤로 용악산이 나타났다.

"일승일패인가?"

용악산이 말했다.

"철갑기마대 일백이 죽거나 중상을 입었으니 내가 좀 손해를 본 셈이지."

"너무 낙담하지 마. 당신이 부숴 버린 게 사방천멸진(四方天滅陣)이었다면 기마병 일백의 목숨이 그리 큰 손해는 아니지."

사방천멸진. 십지환가의 악명 높은 살상진이었다.

"다음은 만만치 않을 것이다. 내겐 아직 철갑기마대 사백과 멸천대가 있으니까."

"기대하지."

*      *      *

팽팽한 대치가 계속되는 가운데 해가 기울고 있었다.

공성전의 전세는 공격하는 쪽의 행동 여하에 달려있다.

첫 번째 교전이 있은 직후 장산벽은 부장 회의를 소집했다.

멸천대가 경계를 서고 있는 막사 안.

십여 명의 인물들이 임시로 마련된 탁자를 주변으로 앉아
있었다.

"이번 강동 정벌대의 수장이 나라는 건 다들 알고 있겠
지?"

장산벽의 차가운 목소리가 흘러나왔다.

오인강을 비롯한 설산구룡의 얼굴이 참혹하게 일그러졌
다.

장산벽이 무슨 말을 하려는지 짐작이 갔기 때문이다.

"내가 강동 정벌대의 수장인 것에 대해 불만이 있는 사람
은 지금 말해."

한층 싸늘해진 목소리였다.

대답을 하는 사람은 물론 없었다.

무공으로 장산벽을 꺾을 자신도 없거니와, 그의 뒷배는 더
더욱 감당할 자신이 없었다.

무엇보다 전시에 명령권자의 명령을 거역했다는 약점이
있었다.

"대답하지 않는 것은 인정한다는 것으로 간주하겠다. 황
충."

장산벽이 갑자기 말끝에 누군가의 이름을 불렀다.

오인강의 옆자리에 앉아 있는 날카로운 인상의 사내.

설산구룡 중 둘째인 황충이었다.

오인강에 비해 나이가 한 살 어리다는 것 외에는 설산구룡

중 가장 용맹하기로 소문난 사내였다.

"하문하십시오."

황충이 무거운 목소리로 대답했다.

"전시에 상관의 명령 불복종은 어떻게 다스리지?"

사람들의 표정이 얼어붙었다.

황충은 더욱 일그러진 표정을 짓더니 다소 잦아든 목소리로 대답했다.

"참형… 입니다."

"광견, 오인강을 참하라!"

장산벽의 입에서 누구도 예상 못한 말이 튀어나왔다.

그와 동시에 어느 틈에 오인강의 뒤로 다가와 있던 광견의 쇠도리깨가 허공을 갈랐다.

퍽! 퍽! 퍽! 퍽!

묵직한 쇠도리깨가 무방비 상태에 있던 오인강의 머리통을 난자했다.

반격을 하고 자시고 할 것도 없었다.

탁자에 머리를 박고 쓰러진 오인강을 중심으로 붉은 피가 흥건히 번져 갔다.

오늘날의 철갑기마대를 만든 영웅의 죽음 치곤 너무나 싱거운 죽음이었다.

멸천대였기에 가능한 일이었다.

장산벽이었기에 가능한 일이었다.

이 참혹한 광경 앞에서도 설산구룡, 아니, 설산팔룡은 그 어떤 항변도 하지 못했다.

자신들은 분명 명령에 불복종했고 장산벽의 징벌은 과한 것이 아니기 때문이었다.

하지만 그런 명분보다도 장산벽에 대한 두려움이 그들을 옴짝달싹못하게 했다.

낮에 있었던 교전에서 장산벽이 보여준 신위는 상상을 초월한 것이었다.

비단 낮의 교전뿐만이 아니었다.

강동 정벌의 임무를 받고 이곳 항주까지 오는 동안 장산벽은 매 전투에서 신기에 가까운 위용을 보여주었다.

자신들은 평생 수련을 해도 따라가지 못할 경지.

그런 무력감 때문에 아마 더욱 질투심이 생겼지 않았을까.

그래서 더욱 무리를 하지 않았을까.

차가운 현실을 직시했을 때의 상실감이 설산팔룡의 가슴을 장악했다.

오인강의 시체를 그대로 둔 상태에서 장산벽의 말이 이어졌다.

"너희들에게 실수를 만회할 기회를 주겠다."

사람들은 굳게 다문 입술로 그 어떤 변명도 하지 못했다.

그리고 뼛속 깊이 깨달았다.

자신들은 장산벽이라는 벽을 넘을 수 없음을. 그에게 평생 충성을 바쳐야 한다는 것을.

이것이 오래전부터 예정된 운명이었다는 것을.

잠시 침묵이 흐른 후 장산벽이 말했다.

"동이 트기 전에 천산도객의 목을 내게 가져와라!"

*          *          *

철갑기마대는 어쩐 일인지 조용했다.

필시 다른 작전을 구사하는 게 틀림없었다.

십지환가의 사방멸진이 부서졌다는 것을 알면서도 저들이 시간을 끄는 것은 이번에야말로 끝장을 보겠다는 뜻에서 신중하게 접근을 하고 있는 것이 분명했다.

장산벽이 크게 자존심을 상한 것이다.

고로 다가올 공격은 그 어느 때보다 맹렬할 게 분명했다.

"그는 오늘을 넘기려 하지 않을 것이다."

용악산의 말에 사람들은 하나같이 어두운 표정이 되었다.

용악산의 말이 이어졌다.

"이번에는 굳이 정문을 고집하지 않을 것이다. 저들의 숫자가 월등히 많으니 외벽을 기어오르는 방법을 택할 것이다. 일류급 이상의 고수들이니 밧줄만 걸면 외벽을 오르는 건 문제가 아니야. 일단 저들이 성안으로 진입하면 그땐 걷잡을 수 없게 된다. 저들이 외벽을 오르기 전에 최대한 떨어뜨리도록.”

“염려 마십시오. 후레자식들, 단 한 명도 성안으로 들여보내지 않을 겁니다.”

공춘보가 이를 빠드득 갈며 말했다.

용악산은 사람들을 둘러보며 구체적인 지시를 내렸다.

“춘보와 풍달은 일대제자 열 명과 함께 서쪽 외벽을 맡아라. 바위든 모래든 타격을 줄 수 있는 것이면 뭐든 닥치는 대로 퍼붓는다.”

“글쎄, 염려 마시라니까요. 제게 다 생각이 있으니까.”

공춘보가 자신의 가슴을 탕탕 치며 말했다.

사람들이 불안한 눈으로 공춘보를 보는 사이 용악산의 명령이 계속됐다.

“자룡과 서령은 일대제자 열 명과 함께 동쪽 외벽을 맡는다. 그쪽엔 높이가 낮아 수성이 쉽지 않을 거다. 남은 화살을 모두 지급해 줄 테니 일단 최대한 시간을 끌어보도록.”

표자룡과 은서령이 비장한 표정으로 동시에 고개를 끄덕였다.

“사부님께선 나머지 제자들과 정문 위를 맡아주십시오. 역시 최대한 시간을 끌어 적들을 많이 끌어모은 후 일거에 타격을 입혀야 할 것입니다.”

“우리에게 고래작살이 있다는 걸 최대한 숨겨라? 알겠다.”

그때 저만치 구석에 있던 석승이 다가와 물었다.

"우리는 무얼 하면 되겠습니까?"

용악산은 그를 물끄러미 바라보았다.

묘한 상황이다.

자신들의 수하임에도 불구하고 금룡문의 사람들이 지켜보고 있기에 함부로 명령을 내릴 수가 없다.

하지만 용악산은 이들에게 가장 위험하고 힘든 임무를 맡겼다.

"작살이 떨어지면 그땐 맨몸으로 정문을 사수해야 하오. 해줄 수 있겠소?"

금룡문 사람들은 정문을 수리하는 걸 포기했다.

이미 대파된 정문을 짧은 시간에 개보수한다는 것은 불가능했기 때문이다.

적들이 외벽을 기어오른다지만 그건 어디까지나 성동격서의 작전일 것이다.

즉, 금룡문 사람들의 힘이 정문으로 집중되는 것을 막아 본격적인 정문을 통과하기 위한 술수를 부리는 것이다.

용악산이 동쪽과 서쪽에 상대적으로 적은 병력을 포진시킨 것도 그쪽이 진짜 목적이 아니라는 걸 알기 때문이다.

저들은 말을 타고 돌진하는 방식으로 공격을 하도록 최적화된 상태.

당연히 적들의 전력은 정문으로 집중될 수밖에 없다.

사정이 이러하니 외인들에게 맨몸으로 정문을 지켜 달라는 건 죽어달라는 소리나 다름없었다.

더구나 저들 개개인의 무공이 어떠한지도 모르지 않는가.

은도천을 비롯한 모든 사람들이 놀란 눈으로 용악산을 보았다.

보다 못한 은도천이 헛기침을 하며 말했다.

"험험, 파랑아, 우리를 도우러 온 분들에게 그건 지나친 부탁이……."

"뭐, 그렇게 하지요."

은도천의 말은 석승에 의해 잘렸다.

사람들의 시선이 이번엔 석승을 향했다.

황당하기 짝이 없다는 투였다.

석승은 여러 가지 신분으로 위장한 자신들의 수하들을 한 번 쓰윽 둘러보면서 말했다.

"까짓것, 한 놈도 들여보내지 않으면 되는 거 아니겠소? 안 그렇소, 여러분."

쓰캉!

"내가 선봉을 맡지요."

거지 평개가 허리춤에서 육 척 길이의 짧은 언월도를 쑥 뽑아 들면서 말했다.

이어 장산이 등에서 대감도를 뽑아 들며 말했다.

"정문의 폭이 얼만데 혼자서 다 맡는단 말이오. 내가 우측을 맡겠소.”

학관선비 추립도 먹빛 검 한 자루를 뽑아 들었다.

“그럼 내가 좌측을 맡으면 되겠군.”

세 사람을 시작으로 여기저기서 각자의 병장기를 뽑아 들었다.

그 기세가 사뭇 흉흉하면서도 믿음직스러웠다.

지금 당장 전투가 벌어지는 것도 아닌데 저들이 병장기를 뽑아 들며 과장된 행동을 하는 것은 석숭의 전음이 있었기 때문이다.

석숭은 공포에 질려 있는 금룡문 사람들, 특히 일대제자들의 사기를 북돋아주고 싶었다.

한창 풀이 죽어 있던 금룡문 사람들은 가슴이 뜨거워졌다.

일면식도 없는 외부인들조차 저렇듯 용기백배한데 정작 주인인 자신들이 이렇게 풀이 죽어서야 되겠는가.

석숭의 작전이 주효했는지 일대제자들이 여기저기서 목소리를 냈다.

“씨불, 한번 해보자고!”

“맞아, 한 번 죽지 두 번 죽나!”

“우! 죽자!”

사람의 감정이란 그 어떤 역병보다도 전염성이 강한 법이다.

그것이 생사를 앞두고 있는 전쟁터에서라면 더욱 그렇다.

석승은 용악산과 눈이 마주치자 한쪽 눈을 찡긋해 보였다.

'능구렁이 같은 녀석.'

속마음과는 달리 용악산의 입가에도 엷은 미소가 어렸다.

그때 망루에서 장원 밖을 살피던 채홍만이 달려와 보고를 했다.

"대사형, 적들의 움직임이 수상합니다."

"어디가 어떻게 이상하다는 거야?"

공춘보가 다급하게 물었다.

"횃불을 밝히고 외벽 가까이로 모여들고 있습니다. 아무래도 본격적인 공성전을 시작하려는 것 같습니다."

채홍만의 말이 끝나기가 무섭게 사람들의 시선은 용악산의 입으로 향했다.

그의 입에서 마지막 출전 명령이 떨어지기를 기다리는 것이다.

용악산은 사람들을 휘이 둘러보며 강한 어조로 말했다.

"저들이 성 안으로 들어오는 것은 기정사실이다. 성 안에서 벌어지는 백병전 또한 피할 수 없다는 것 또한 사실이다. 그때를 위해서 최대한 많은 적들을 죽여놓아야 한다. 내 말, 무슨 뜻인지 알겠지?"

"알겠습니다."

우렁찬 대답이 흘러나왔다.

# 第五章

## 공춘보의 꾀

天山刀客

　용악산의 예상이 맞았다.

　장산벽은 정문을 집중적으로 공격하는 한편, 남은 병력들로 하여금 외벽을 기어오르게 했다.

　이를 위해 수백 개의 밧줄이 사용되었다.

　갈고리가 달린 밧줄을 외벽 위로 집어 던진 후 그걸 잡고 오르는 지극히 원시적인 형태의 공성전이었다.

　하지만 이들을 물리치기란 결코 간단하지가 않았다.

　철갑기마대 한 명, 한 명이 일류를 상회하는 무공의 소유자들이었기 때문이다.

　철갑기마대는 약간의 시간적인 틈만 있어도 순식간에 외

벽을 타고 절반이나 올라왔다.

외벽은 넓고 오르는 사람들의 숫자는 많은 반면 이들을 방어하는 금룡문 사람들의 숫자는 적었다.

열 사람이 한 사람의 도둑을 막아내기도 어려운데 지켜야 할 지역이 넓어지자 자연 빈틈이 생길 수밖에 없었다.

은도천은 일대제자들 팔십여 명을 이끌고 정문 위 외벽을 분주히 오가며 아래를 향해 활을 쏘았다.

하지만 이것 역시 녹록치 않았다.

우선은 멸천대가 일정한 거리 밖에서 압도적인 위력으로 활을 쏘아대는 상황이라 쉽사리 몸을 드러내기가 쉽지 않았다.

적들의 화살이 잠시 소강상태인 상황을 틈타 요(凹) 자 모양의 흉벽 사이에서 상체를 반쯤 내밀고 활을 쏘아보지만 일대제자들의 궁술이 워낙 형편없었다.

게다가 적의 화살이 언제 날아올지 모르는 급박한 상황에서 쏘아대는지라 정확도가 현저히 떨어졌다.

한 명, 한 명을 겨누고 쏜다기보다는 그냥 쏘아대기 바빴다.

게다가 어쩌다 놈들을 맞추어도 강철 견장이나 투구에 맞아 튕겨 나가기 일쑤였다.

하지만 그중에서도 엄청난 파공성을 내며 떨어지는 화살이 한 대 있었다.

쑤애애애액!

푹!

견장과 투구 사이의 빈틈을 정확히 뚫고 들어간 화살은 적의 심장까지 꿰뚫었음이 분명했다.

"커헉!"

외마디 비명과 함께 철갑기마대가 하나둘씩 아래로 떨어졌다.

화살을 쏜 사람은 은도천이었다.

철갑기마대도 죽을 수 있다는 것을 알게 되자 일대제자들도 용기를 냈다.

좀 더 신중하게, 좀 더 시위를 당긴 상태에서 쏘아대는 것이다.

그러나 이들보다 더욱 효과적으로 싸우는 사람들이 있었으니, 바로 서쪽 외벽을 책임지고 있는 공춘보와 하풍달이었다.

두 사람은 전투가 치열하게 벌어지고 있는 와중에도 어쩐일인지 팔짱을 끼고 기다렸다.

갈고리가 달린 밧줄 수십 개가 수염발처럼 달렸다.

그걸 타고 철갑기마대가 외벽에 새까맣게 달라붙자 비로소 공춘보가 움직이기 시작했다.

그런데 싸울 생각은 않고 갑자기 어디론가 휑하니 사라지는 것이었다.

"옘병, 어딜 도망가는 거요!"

"저 자식이 사형한테 말하는 꼬라지하고는."

"빌어먹을, 내가 지금 좋게 말하게 생겼소!"

"시끄러, 인마!"

후다닥 사라졌던 공춘보는 촌각도 지나지 않아 보따리 하나를 어깨에 둘러메고 왔다.

떼가 꼬질꼬질하게 묻은 광목천으로 만든 것이었는데, 꼭 남의 집 담장을 막 넘어온 도둑놈 같았다.

"그게 뭐요?"

"보면 알 거 아냐."

공춘보가 보따리를 황급히 풀자 머리통만 한 쇳덩어리 다섯 개가 와르르 쏟아졌다.

쇳덩어리마다 뭔 꼬랑지 같은 것이 붙어 있었는데 견문이 넓은 하풍달도 처음 보는 물건이었다.

"그게 뭐요?"

"나도 몰라."

"뭔지도 모르면서 그걸로 뭘 하겠다고."

"일전에 뇌신통이라는 늙은이가 쓰던 물건이야."

"헉!"

하풍달의 눈이 번쩍 뜨였다.

불의 명인 뇌신통이 쓰던 물건이라면 화기밖에 더 있겠

는가.

"그, 그걸 어디서 구했소?"

"오래전 장원을 지을 때 빼돌렸지. 그 영감이 술쟁이잖아. 하루에 한 개씩 솔래솔래 빼돌렸더니 도통 모르더라고."

"도대체 그걸 왜?"

"이걸 저수지에 꽝! 하고 터뜨리면 고기가 몽땅 허연 배를 뒤집으면서 물에 둥둥 뜬데. 고기나 좀 잡아먹으려고 빼돌려 둔 건데 사람 잡는 데 쓰게 됐네. 큭큭큭."

그 말을 하는 순간에 공춘보는 이미 쇳덩어리 하나의 심지에 불을 붙이고 있었다.

치이이이이…….

불꽃이 빠른 속도로 심지를 타고 들어갔다.

그 무렵엔 외벽에 철갑기마대가 새까맣게 달라붙은 후였다.

그중 한 놈이 막 외벽 위로 올라오는 찰나였다.

벽 너머에 숨어 있던 공춘보가 갑자기 나타나며 순식간에 놈의 품속에 쇳덩어리를 넣어주었다.

"이거 한 개 잡숴봐!"

그리고는 놈을 확 밀어버렸다.

"으아아악!"

놈이 십여 장 아래의 바닥으로 곤두박질치는가 싶더니,

꽝!

　웅장한 폭발음과 함께 천지가 요동쳤다.

　땅거죽이 뒤집히고 시뻘건 불덩이가 외벽을 타고 활화산
처럼 솟아올랐다.

　새까맣게 기어오르던 철갑기마대 오십여 명이 들불을 만
난 메뚜기 떼처럼 떨어져 내렸다.

　“뜨헙!”

　하풍달을 비롯한 십여 명의 일대제자들은 놀란 입을 다물
지 못했다.

　공춘보는 아래를 내려다보며 호탕하게 웃었다.

　“으하하하하, 몽땅 꼬실러 죽여 버리겠다. 으하하하! 으하
하하!”


＊　　　＊　　　＊


　표자룡과 은서령은 동쪽 외벽에서 고전 하고 있었다.

　몸이 빠른 표자룡은 외벽 위를 바삐 오가며 흉벽 사이에 걸
린 놈들의 밧줄을 잘라댔다.

　하지만 놈들은 끝도 없이 밧줄을 던지고 타고 올랐다.

　역시 소나기처럼 쏟아지는 화살을 피해 다녀야 하는 번거
로움으로 인해 적들이 밧줄을 타고 올라오는 시간과 이쪽에
서 잘라내는 시간 사이에 간극이 존재했다.

　삽시간에 외벽은 철갑기마대로 인해 새까맣게 뒤덮였다.

그중 두 사람이 외벽을 넘어서고 있었다.

가장 위험한 순간이었다.

저들을 상대하는 동안은 표자룡과 은서령이 밧줄을 끊을 수가 없었기 때문이다.

그러면 한 명이 두 명이 되고 두 명이 네 명이 되어 순식간에 외벽 위는 적들의 차지가 될 터였다.

"아버지!"

은서령이 외쳐 보지만 은도천 역시 정문을 중심으로 중앙을 방어하느라 몸을 빼기가 쉽지 않은 상황이었다.

그때 어디선가 들려온 날카로운 목소리!

"제게 맡겨주십시오!"

두 자루의 낫이 허공에 교차했다.

쓰칵!

외벽을 넘어와 등에 멘 장창을 뽑아 들던 철갑기마대의 목이 뚝 떨어졌다.

이어 바닥에 찰싹 달라붙어 회전하는 그림자.

장창을 찔러오던 또 다른 철갑기마대의 발목이 싹둑 잘렸다.

"크아아악!"

그는 참혹한 비명을 지르며 외벽 아래로 떨어졌다.

그가 떨어지는 궤적을 따라 발목에서 뿜어져 나온 핏줄기가 호선을 그렸다.

두 자루의 낫, 쌍겸을 들고 서 있는 사내는 유소악이었다.

용악산이 은서령을 보호하라고 특별히 붙여준 사내.

물론 은서령은 그런 것까지 알 수 없었다.

"고마워요."

"지금은 인사를 할 때가 아닙니다."

말과 함께 유소악의 신형이 은서령을 넘어 허공을 날았다.

은서령의 뒤편에서 막 외벽을 올라오던 철갑기마대의 가슴에 낫자루 하나가 갑옷을 뚫고 깊숙이 박혔다.

푹!

그가 찔러 넣었던 낫을 당기자 앞가슴의 흉갑과 생살이 고깃덩이처럼 잘려 나갔다.

'세상에! 저런 사내들이 어디에서 갑자기 나타난 거지?

은서령의 놀라움은 이루 말할 수가 없었다.

표자룡의 시선 역시 마찬가지였다.

난데없이 나타나 아무 조건 없이 금룡문을 돕겠다는 생면부지의 사람들.

이게 과연 자연스러운 일일까.

어쨌거나 지금은 최대한 시간을 끌어야 했다.

백병전이 벌어지기 전까지 적들을 최대한 많이 죽여야 했다.

도대체 얼마나 죽여야 백병전에서 일말의 희망을 가질 수 있을까.

절반을 죽이면 가능할까?

철갑기마대 사백에 멸천대가 일백이다.

저들 모두를 죽이고 일 할만 남긴다고 해도 백병전에서의 승리는 요원했다.

도대체 대사형은 무슨 생각일까.


그 무렵, 은도천은 가장 많은 일대제자들을 이끌고 정문에서 화살 공격을 하고 있었다.

임시방편으로 정문에 쌓아둔 통나무와 바윗덩어리들은 그야말로 임시방편일 뿐이었다.

놈들은 일부가 방어를 하는 사이 일부가 통나무와 바윗덩어리들을 치웠다.

장산벽에 의해 사방천멸진이 부서진 후 이쪽에 화살 외에는 마땅한 무기가 없다는 걸 아는지 적들은 안심하고 성문으로 모여들었다.

그 수가 무려 이백이었다.

이제 두 번째 벼락을 내릴 시간.

"시작하라!"

은도천이 검을 높이 들어 올리며 외쳤다.

그 순간 장난감 같은 활을 쏘아대던 팔십여 명의 일대제자들이 일제히 활을 버렸다.

허리를 한차례 굽힌 후 다시 폈을 때 그들의 손에 들린 것은 두께가 팔뚝만 한 고래작살이었다.

"적도들로부터 장원을 지켜라!"

은도천의 명령이 떨어지기가 무섭게 일대제자들이 작살을 던졌다.

백 근의 무게에 커다란 역린이 달린 작살이 무서운 속도로 떨어졌다.

텅! 텅! 텅! 텅!

"으아아악!"

"크아아악!"

"아아아악!"

화살로는 꿈쩍도 않던 철갑기마대의 강철 갑옷이 사방에서 종잇장처럼 뚫렸다.

그 힘이 어찌나 강하던지 말의 몸통조차 그대로 관통할 지경이었다.

그러니 작살을 정통으로 맞은 철갑기마대는 그 자리에서 즉사했다.

요행히 빗맞은 놈들도 역린으로 인해 작살을 뽑아내지 못했다.

그건 말도 마찬가지였다.

무거운 작살을 엉덩이에 맞은 말이 작살을 질질 끌며 요동쳤다.

말의 말발굽에 맞아 쓰러지고, 작살에 꿰뚫리고…….

아수라장이 따로 없었다. 지옥도가 따로 없었다.

　순식간에 백여 명의 철갑기마대가 고래작살에 꿰뚫려 목숨을 잃었다.

　상황이 불리하게 돌아가자 놈들은 황급히 정문을 버리고 달아나기 시작했다.

　달아나는 놈들 중에서도 작살을 뽑지 못해 달고 가는 놈이 부지기수였다.

　"와아아아아!"

　절망이 희망으로 바뀌는 순간,

　금룡문 사람들의 환호성이 하늘을 찔렀다.


＊　　　＊　　　＊


　"어떻게 된 거야! 근동의 무기는 모조리 사들였다고 하지 않았나!"

　좀처럼 분노를 겉으로 드러내지 않던 장산벽도 사태가 이쯤 되자 버럭 화를 냈다.

　"죄송합니다. 저들이 작살을 사용할 거라고는 미처 생각지 못했는지라."

　"사과를 듣고자 함이 아니다. 놈들에게 작살이 얼마나 있는지 파악해라."

　"어젯밤 낯선 자들이 수레 석 대를 끌고 금룡문으로 들어갔다고 합니다. 필시 그 수레에 작살이 실려 있었던 것 같습니다. 작살의 크기를 가늠해 볼 때 대부분 소진된 듯합니다.”

“낯선 자들?”

장산벽은 작살의 수량보다 새로이 등장한 인물들에게 호기심을 보였다.

“거지, 장사치, 선비, 뱃사공 따위였다고 합니다. 하지만 그게 그들의 진짜 신분이 아닐 것이라는 게 저의 생각입니다.”

그 순간 장산벽의 눈빛이 미세하게 반짝였다.

무언가 짚이는 게 있는 것이다.

장산벽이 손을 들자 열 걸음 뒤에 있던 도귀가 가까이 다가왔다.

“부르셨습니까?”

“네가 직접 수하들을 이끌고 정문을 뚫어라!”

“존명!”

드디어 멸천대가 움직이기 시작했다.

*     *     *

망루 위에서 적진을 조망하던 용악산은 멸천대가 움직이는 것을 보았다.

저만치에서 대기하고 있던 석승도 그것을 보았다.

그가 고개를 돌려 용악산을 바라보았다.

용악산이 전음을 보냈다.

[저들이 누구인지 알겠지?]

[물론입니다.]

[만만치 않은 자들이다. 게다가 너희들보다 열 배나 많다.]

[싸움은 숫자로 하는 게 아니라고 말씀하셨지 않습니까, 대주께서.]

[좋아, 그동안 솜씨가 얼마나 늘었는지 보겠다.]

[저야 일취월장했지요. 다만 다른 놈들이 워낙 게을러 터졌는지라…….]

[언제 나갈 거냐?]

[지금 갑니다, 가요.]


*            *            *


멸천대 일조장 도귀의 얼굴은 썩어 문드러졌다.

문짝이 부서져 나간 성의 입구는 좁은 협곡과 같았다.

적은 수로도 대군을 막아낼 수 있는 상황.

하지만 불과 반 각 전까지만 해도 정문을 어떻게 뚫을까 하는 걱정은 하지 않았었다.

금룡문 내에서 자신들을 상대할 수 있는 고수라야 문주 은도천과 천산도객, 두 사람 정도?

표자룡이라는 신진 검수가 지옥혈마를 걸레로 만들어놨다지만 그건 직접 보지 않아 도저히 믿을 수 없었다.

백번 양보해서 표자룡이 자신들의 상대가 된다고 치자.

거기에 황하에서 보았던 채홍만인지 뭔지 하는 거인까지 쳐주어도 불과 넷이다.

그들이 손오공처럼 분신술을 펼치지 않는 한 외벽과 정문을 동시에 막아낼 수는 없었다.

결국 외벽이 뚫리던지 정문이 뚫리던지 둘 중 하나는 뚫려야 했다.

그런데 화기가 터지고 고래작살이 떨어지더니 이제는 저 놈들까지 나타났다.

듣도 보도 못한 놈들.

놈들은 겨우 열 명 정도로 백여 명이나 되는 멸천대를 막아내고 있었다.

그가 수집한 정보에 저놈들은 없었다.

하나같이 자신의 수하들 못지않은 험악한 기세에 지닌 병장기 또한 흉악하기 짝이 없었다.

무공은 생긴 것보다 더욱 훌륭해서 반 각이 넘도록 정문 안으로 한 발자국도 들어가질 못하고 있었다.

자신의 눈이 틀리지 않았다면 저들 개개인의 무공은 결코 멸천대에게 밀리지 않았다.

특히, 파르라니 깎은 대머리에 흉악한 뱀 문신을 새긴 저 정체불명의 중놈.

"도대체 네놈들은 누구냐!"

도귀가 악에 받친 목소리로 물었다.

"큭큭큭, 네놈들을 잡기 위해 지옥에서 온 유령들이다. 이 놈아!"

석승이 대답했다.

도귀는 더욱더 인상을 찌푸렸다.

저들이 무서워서가 아니었다.

놈들이 어쩐지 자신들을 알고 있는 듯한, 그것도 아주 잘 알고 있는 듯한 느낌이 든 것이다.

그렇다면 지금 이 순간 저들이 이곳에 있는 것도 우연은 아니다.

필시 고도로 계산된 어떤 일련의 움직임 끝에 나타난 것이다.

그 순간 뱀 문신의 승려 석승이 허공으로 치솟아 대도를 떨어뜨리며 외쳤다.

"이놈, 네놈이 도귀라는 놈이렷다!"

석승이 뿜어내는 엄청난 위압감에 도귀는 자신도 모르게 한 발을 뒤로 뺐다.

그러나 이내 실수를 깨닫고는 오히려 한 걸음을 앞으로 내딛었다.

동시에 그의 칼이 석승의 칼을 맞받아 쳤다.

따앙!

웅혼한 공력이 담긴 두 개의 칼이 귀청을 찢는 금속성을 내며 격돌했다.

도귀는 손목이 찌르르 울리는 충격을 느꼈다.

단 한 번의 격돌로 상대가 자신 못지않은 공력의 소유자임을 알아차린 것이다.

"흥, 공력이 제법 탄탄하구나. 어디, 네놈의 도법도 공력만큼이나 쓸 만한지 보자."

석숭이 어린애 다루듯 도귀를 칭찬하며 다음 공격을 해왔다.

도귀는 돌연 기세를 바꾸어 그의 성명절기인 파산도(破山刀)를 펼쳤다.

그 이름에서도 알 수 있듯이 파산도는 패도적인 기세가 특징이었다.

쿠앙!

대기를 찢는 도신에서 흡사 좁은 협곡을 지나가는 바람 소리가 들렸다.

꽈과과광! 꽈앙! 꽈앙!

천지를 진동시킬 벼락이 연달아 치고 주변은 삽시간에 폭풍 같은 기류로 가득 찼다.

주변에서 싸우던 사람들의 옷자락과 머리카락이 그 기류에 흔들리며 춤을 추었다.

그 순간 문득 도귀의 머릿속을 스치고 가는 생각이 있었다.

"금룡문의 장 제자와 무슨 관계지?"

"알아서 뭐 하게!"

하지만 도귀는 석승의 눈동자에 당혹한 기운이 잠시 나타 났다가 사라지는 것을 똑똑히 보았다.

"그렇군. 그의 수하들이었군."

"쿡쿡, 눈치가 빠르군, 도귀."

"나를 아는 것 같은데."

"알지, 그것도 아주 잘."

"너희들의 정확한 정체를 물어도 될까? 그의 수하라고 하 더라도 무리를 일컫는 이름은 있을 것 아닌가?"

"말해도 모를 거야."

"왜지?"

"아까 말했을 텐데, 우린 유령들이라고. 세상에 존재하지 도 않는 유령들 말이야. 큭큭큭, 우리가 있는 한 네놈들은 장 원 안으로 한 발자국도 들어갈 수 없다."

"자신만만하군."

"물론. 네놈들은 결코 우리를 이길 수 없으니까!"

또다시 석승의 매서운 파상 공격이 시작되었다.

빠르고 날카롭고 무거운 도법이 현란하게 펼쳐졌다.

허공을 가득 메우는 서늘한 도영.

도귀의 칼 또한 그 못지않은 현란한 춤사위를 펼쳤다.

두 개의 신형이 붙었다 떨어지기를 십여 차례.

어느덧 수하들은 멀찌감치 물러나 두 사람이 마음 놓고 싸울 수 있는 공간을 마련해 주고 있었다.

까가가가강!

석승의 정수리를 아슬아슬하게 스치고 간 도귀의 칼끝이 외벽에 기다란 불꽃을 그렸다.

단단한 화강암으로 만든 외벽에 한 자 깊이의 도흔이 새겨졌다.

"이크, 머리카락을 깎아버리길 잘했군. 네놈에겐 잘렸으면 무슨 망신이야!"

석승이 능글능글한 표정을 지으며 도귀를 자극했다.

하지만 도귀는 그의 말 한마디에 일희일비하지 않았다.

그는 정신을 고도로 집중한 상태에서 석승의 움직임을 예의 주시했다.

나는 상대를 모르는데 상대를 나를 아주 잘 안다.

세상에 이것만큼 위험한 싸움은 없다.

상대가 자신과 비등한 실력자라면 더더욱.

때문에 도귀는 지금 상당히 불리한 싸움을 하고 있었지만, 그렇다고 자신이 질 거라는 생각은 눈곱만큼도 하지 않았다.

멸천대 일조장의 자리는 마작으로 딸 수 있는 자리가 아니었다.

그는 숱한 지옥훈련을 견뎌왔고 오늘의 이 자리에 섰다.

그러나 석승의 칼이 어느 순간 도막을 뚫고 자신의 심장을 향해 무서운 속도로 들어올 때는 서늘한 공포를 느꼈다.

'완벽하다!'

그처럼 빠르고 정확한 도법은 정녕 처음이었다.

그리고 또다시 이어지는 파상 공세.

까앙! 까앙! 까앙!

도귀는 벌써 다섯 걸음이나 뒤로 물러나고 있었다.

상대의 도법은 현란함을 넘어 기이막측하기까지 했다.

인간의 근육이 어찌 저런 움직임을 만들어낼까.

하지만 도귀 역시 만만치 않았다.

도법의 귀신이란 별호답게 그는 평생 칼 한 자루를 잡고 살았다.

상대 역시 칼을 들었지만, 적어도 칼로서는 누구에게도 지고 싶지 않은 그였다.

그는 모험을 했다.

물러나는 대신 상대와의 거리를 좁히는 한편, 상단전의 빈틈을 보였다.

놈의 칼이 자신의 머리를 노리고 들어오는 순간 바람처럼 안쪽으로 파고들 생각이었다.

귀신같은 신법은 도귀가 숨겨둔 또 하나의 절학이었다.

마침내 그 순간이 왔다.

놈과의 거리는 불과 두 걸음.

놈의 칼이 어깨너머로 한껏 젖혀지는가 싶더니 맹렬한 속도로 회전을 했다.

그 회전 궤도 안에 도귀의 머리가 있었다.

그 순간, 도귀는 상체를 뒤로 한껏 젖혔다.

석승의 칼이 자신의 눈앞을 아슬아슬하게 스치고 간 후 아래를 파고들어야 했다.

예상대로 석승의 칼은 왼쪽에서 자신의 눈앞을 스치려 했다.

그때 빈틈이 보였다.

오랜 경험으로 터득한 정확한 일직선.

죽음의 거리, 즉 사선(死線)이다.

그때 석승의 눈동자에 묘한 비웃음이 어렸다.

삶과 죽음을 벗하고 산 무인의 본능적인 감각.

도귀는 무언가 잘못되었다는 것을 느끼고 황급히 몸을 뺐다.

그와 동시에 석승의 칼끝이 한 자나 쑥 늘어났다.

도귀의 목은 아직도 석승이 휘두르는 칼의 궤도 안에 있었다.

모골이 송연해지면서 온몸의 신경이 하나로 모였다.

지금 이 순간 도귀는 평생 겪어보지 못한 경이적인 집중력을 경험했다.

죽음의 순간이다.

잠재된 본능이 도귀의 근육을 움직이게 한 것일까.

찰나의 순간에 도귀는 목을 두 치가량 뒤로 뺄 수 있었다.

그러나 석숭의 칼끝이 그의 목의 일부를 자르고 지나가는 것만큼은 어쩔 수 없었다.

쓰캉!

팟!

소리가 먼저였고 뒤를 이어 불같이 뜨거운 감각이 찾아왔다.

하지만 살아남았다.

목숨이 붙어 있는 한 포기를 하지 않는 것이 무인이다.

도귀는 서둘러 석숭의 칼이 그리는 두 번째 궤적 안에서 벗어나려고 했다.

하지만 석숭은 쉽사리 도귀를 놓아주려 하지 않았다.

"이놈, 감히 어딜!"

그 순간 장대한 체구의 한 사내가 두 사람 사이로 뛰어들었다.

쇠도리깨를 든 광견이었다.

붕, 붕, 붕!

그는 시종일관 무서운 속도로 육 척에 이르는 쇠도리깨를 휘둘렀다.

육중한 중병기가 엄청난 파공성을 일으키며 공간을 장악하자 석숭도 한 발 물러설 수밖에 없었다.

"저 새끼가!"

욕설과 함께 튀어나온 사람은 채홍만이었다.

쫘앙!

그의 대초자곤이 광견의 쇠도리깨의 움직임을 멈추게 했다.

엄청난 충격에 광견은 잠시 좁아진 눈으로 채홍만을 응시했다.

"네놈이 범선에서 천산도객을 보필했다는 그놈이구나!"

"말이 많구나."

두 사람은 다시 격돌했다.

도수와 도수의 대결에 이어 거력과 거력의 대결이었다.

두 명의 거한이 휘두르는 중병기의 대결은 앞서 도귀와 석승의 그것에 뒤지지 않았다.

두 사람을 시작으로 곳곳에서 다시 집단전이 벌어졌다.

유소악은 작은 체구로 날렵하게 파고들며 상대의 진영을 어지럽혔다.

추립은 무작정 뛰어들기보다는 싸움 전체를 관조했다.

그들의 첫 번째 임무는 멸천대를 몰살시키는 것이 아니었다.

일조장 도귀가 비록 석승에게 패했다고는 하나 멸천대는 결코 약하지 않다.

지리의 이점을 이용해 백중지세를 유지하고 있을 뿐, 저들 전체를 상대하기엔 무리였다.

혹시 모르겠다.

중원 전역에 흩어져 있는 자신들의 형제가 달려온다면 또 모를까.

하지만 아직 그들이 도착하기엔 이르고 멸천대의 도검은 눈앞에 있었다.

자신들이 할 일은 그때까지 정문을 지키는 것이다.

추립은 균형이 무너지는 곳으로 뛰어다니며 자신의 검을 보탰다.

채홍만은 광견의 상대가 못 되었다.

채홍만은 일조의 일개 조원에 불과했지만 광견은 멸천대의 이조장이 아닌가.

유소악 역시 두어 명을 쓰러뜨리기는 했지만 조장 급으로 보이는 고수가 대체되자 사정이 달라졌다.

결국 추립이 가세해서야 겨우 백중지세를 유지할 수 있을 정도였다.

추립의 역할은 이럴 때 빛났다.

거지 평개는 좀 달랐다.

그는 뱃사공의 삶을 사는 장산과 함께 좌측을 충실히 방어하고 있었다.

이처럼 사람들은 공수를 번갈아 하며 필사적으로 정문을 지켰다.

하지만 시간이 문제였다.

계속해서 쉬지 못하고 싸워야 하는 자신들에 비해 백 명의 멸천대는 지친 사람들과 교대해 가며 공격을 해왔다.

"최대한 많이 죽여라!"

석승이 일갈을 터뜨렸지만 멸천대의 목을 따는 것은 그리 녹록치 않았다.

일다경이 넘도록 겨우 십여 명의 목숨을 취했을 뿐이다.

그마저도 멸천대로서는 경천동지할 지경이었지만.

# 第六章

옛 수하들을 다시 만나다

天山刀客

　모두가 각자의 맡은 자리에서 결사 항전을 벌이고 있을 무렵, 용악산은 한 사람과 마주하고 섰다.

　그는 황충이었다.

　한 마리 야조가 비상하듯 허공을 숫구쳐 오른 황충은 별다른 어려움 없이 외벽을 넘어왔다.

　그의 무공을 고려해 볼 때 외벽을 넘는 것은 쉬운 일이었다.

　그걸 알기에 용악산은 처음부터 다른 싸움에 합류하지 않고 기다렸던 것이다.

　"장원이 좋군. 금룡성이라고 불리는 이유를 알겠어."

뒷짐을 진 황충이 사방을 둘러보며 말했다.

곳곳에선 아직도 전투가 한창이었다.

“지금이라도 수하들을 데리고 물러가는 것이 어떤가?”

용악산이 엄중히 경고했다.

“피차 불필요한 소리는 삼가도록 하지.”

황충이 좌우를 돌아보며 고갯짓을 했다.

범 같고 용 같은 사내 일곱 명이 용악산을 에워쌌다.

그들은 황충과 함께 외벽을 넘은 설산팔룡이었다.

용악산 한 사람을 잡기 위해 여덟 명 모두가 합공을 하려는 것이다.

장산벽이 설산팔룡에게 내린 명령은 천산도객, 즉 용악산의 목을 가져오라는 것이었다.

설산구룡의 맏형 격이었던 오인강이 비록 장산벽의 수하인 광견에게 기습을 당해 죽었지만 설산구룡은 결코 약하지 않았다.

광견이 오인강과 정면 승부를 벌였다면 그는 오초지적도 되지 않았을 것이다.

오인강이 죽은 후 설산팔룡이 된 지금도 그 무력이 달라질 이유는 없었다.

“네놈 때문에 설산구룡의 모양세가 말이 아니다. 각오는 되어 있겠지?”

황충이 말했다.

"한 가지만 묻지."

용악산이 말했다.

황충은 잠시 생각을 하더니 대답했다.

"좋아, 유언이라고 생각하고 들어주지. 묻고 싶은 게 뭐지?"

"나에 대해 얼마나 알고 있지?"

"황하의 범선에서 십종지룡의 발목을 잡았다는 정도? 풋, 그 정도로 우리가 겁먹을 거라고 생각했나? 십종지룡의 발목을 잡는 정도는 우리도 얼마든지 할 수 있다. 여덟 명 모두가 아니라 한 사람이어도 말이지."

"잘못 이해했군. 내 말은 장산벽이 나에 대해 아무런 언질도 주지 않았느냐는 말이다."

황충은 즉시 대답을 않고 주변을 둘러보았다.

함께 온 다른 형제들에게 생각을 물은 것인데 모두들 금시초문이라는 표정이었다.

황충은 다시 고개를 돌려 용악산을 보며 물었다.

"그게… 무슨 뜻이지?"

"그렇군. 아무런 언질도 없이 너희들을 보냈다는 건 필시 죽여 달라는 뜻. 각오는 되어 있겠지?"

"이놈이 정녕 무서운 맛을 봐야 정신을 차리겠구나. 셋째야, 시작해라!"

황충의 명령에 맞은편에 있던 한 사내가 알아들을 수 없는 주문과 함께 두 팔을 휘둘렀다.

동시에 땅으로부터 기이한 안개가 일어나더니 방원 십여 장을 에워쌌다.

장마철의 습기처럼 찐득찐득한 살기가 안개와 뒤섞여 살벌한 분위기가 연출되었다.

설산팔룡은 순식간에 안개 속으로 사라졌다.

연파만리(煙波萬里)!

안개 속에 숨어 찾을 수 없다는 뜻으로, 제사마가의 절기다.

어느 순간 눈부신 섬광 한 줄기가 안개를 가르며 용악산의 머리 위로 떨어져 내렸다.

쑤에애애액!

무상검류(無想劍流)!

형체가 없다는 제삼마가의 절학이다.

황충의 검.

세상에 형체가 없는 검공은 없다.

다만 그것이 너무나 빨라 형체를 인식하였을 때는 이미 목숨을 잃은 후라고 하여 붙여진 이름.

무상검류는 너무나 빨라 용악산조차도 쉽게 피하기 힘든 검법이었다.

하물며 불과 지척의 거리를 두고 안개 속에서 갑자기 튀어나온 검이라면 더욱 그렇다.

용악산은 일 보를 뒤로 빼는 동시에 상체를 뒤로 뉘였다.

슛!

무상검류의 섬광이 가슴을 아슬아슬하게 스쳐 갔다.

그러나 진짜는 따로 있었다.

소리를 통해 용악산의 움직임을 파악했는지 등 뒤를 향해 한줄기 강맹한 기운이 쏘아져 왔다.

'좁고 무겁다.'

공간의 한 부분을 장악하고 쏘아져 오는 기운의 정체는 창이다.

생사결이 벌어질 때 상대와 나와의 사이에 일직선으로 된 가상의 선을 긋는다.

상대의 현란한 초식을 꿰뚫으면서 가장 짧은 거리에 죽일 수 있는 이 선을 사선(死線)이라 부른다.

하지만 이 사선은 쉽게 드러나지 않는 법이다.

모든 무공은 상대를 어떻게 죽일 수 있을까로부터 시작하는 것이 아니라 상대로부터 나를 어떻게 수신할까라는 명제로 시작하는 법이니까.

그런데 찰나에 나타났다가 사라지고 마는 이 사선을 집중적으로 연구한 마가가 있었다.

그들은 사선을 파고드는 가장 적절한 병장기로 창을 꼽았다.

제오마가의 폭풍창(暴風槍)!

펑! 펑! 펑!

안개를 뚫고 나타난 놈의 창은 연달아 세 번이나 허공을 찌르고는 다시 안개 속으로 사라졌다.

세 명이 세 종류의 절기를 동시에 쏟아내고서도 용악산의 옷자락 하나 건드리지 못한 것이다.

마가들의 전설적인 절학들은 그 이후로도 계속해서 펼쳐졌다.

검은 모래가 하늘을 뒤덮고 붉은 검영이 안개를 난도질했다.

안개가 불가단(不可斷)의 성질을 지니지 않은 사물이라면 이미 원래의 형체를 찾아볼 수 없을 만큼 조각조각으로 변했을 상황.


황충은 점점 불안했다.

천산도객의 비명이 한 번도 들리질 않은 까닭이었다.

병장기가 부딪치는 소리도 들리지 않았다.

둘 중 하나다.

혼전 중에 누군가의 도검을 맞고 비명을 지를 사이도 없이 쓰러졌거나, 아니면 도검을 모두 피했거나.

전자의 경우는 그 가능성이 희박했다.

손에 잡힌 도검이 상대의 단단한 근육으로 이루어진 상대의 생살을 가를 때는 반드시 기분 나쁜 손맛이 느껴진다.

누군가 그걸 느꼈다면 동료들에게 신호를 하지 않았을 리가 만무했다.

천산도객이 부상당한 순간이 최적의 공격 시점이 될 테니까.

후자의 경우는 불가능했다.

설산팔룡이 펼친 무극공간진(無極空間陣)은 방원 십여 장 내의 안개 속에 상대를 가둬놓고 점점 좁혀가며 상대를 공격하는 방식이다.

한 사람이 적을 상대하는 동안 맞은편에 있던 또 다른 동료가 적의 등을 노린다.

일검을 휘두를 정도의 시간 차를 두고 좌우 양쪽에서 각각 상단과 하단을 노리고 들어간다.

공격은 계속 그렇게 이어지며 상대를 압박해 간다.

천하의 누구도 무극공간진의 합격술을 피할 수는 없었다.

설사 그 상대가 장산벽이라고 해도 마찬가지였다.

더구나 단 한 번의 부딪침도 없이 말이다.

한데 어느 순간부터 천산도객은 그 기척조차 느낄 수 없었다.

지금으로선 안개 속에 갇혀 있는지조차 확신할 수 없었다.

설산팔룡은 경솔한 사람들이 아니었다.

그들은 자신들의 모든 절기를 쏟아내며 더욱 진세를 좁혀 갔다.

하지만 마지막 순간까지도 적의 형체를 잡아낼 수 없었다.

"셋째, 안개를 걷어라!"

서로의 어깨가 닿을 정도로 가깝게 좁혀진 상태에서 황충이 외쳤다.

그의 외침은 비명에 가까웠다.

짧은 주문과 함께 안개가 스멀스멀 걷혔다.

사람들은 눈앞에서 펼쳐진 광경에 경악했다.

천산도객이 흔적도 없이 증발해 버린 것이다.

분명 팔방을 장악하고 좁혀왔건만!

굳이 방위를 들먹이지 않아도 세상에 무극공간진을 벗어날 수 있는 무공은 없었다.

유일한 방법이라곤 여덟 명 모두를 쓰러뜨리는 것뿐이다.

한데도 천산도객은 그야말로 깨끗이 증발해 버린 것이다.

"이, 이게 어떻게……."

"말도 안 돼. 이건 있을 수 없는 일이야."

사람들은 모두 한바탕 꿈을 꾼 것 같았다.

마치 귀신을 목격한 듯한 기분.

그때 황충이 찢어질 듯한 목소리로 단말마를 토해냈다.

"설마……!"

"왜 그러십니까?"

흩어지는 안개 속에서 누군가 물었다.

사람들의 시선이 모두 황충을 향했다.

“천마환영(天馬幻影) 유행자재(游行自在)!”

신교에 전설처럼 내려오는 말이다.

대종사의 신법이 귀신의 경지에 이르러 환영조차도 자유 자재로 다룬다는 말이다.

세상에 무극공간진을 벗어날 수 있는 유일한 무공, 곧 천마 행공(天馬行空)이다.

하지만 천마행공은 대종사가 후인을 남기지 않고 서거함 으로써 실전된 무공.

만약 무극공간진을 벗어난 것이 정말 천마행공이라면.

지금 이 순간 그 무공이 다시 나타났다는 것은…….

사람들의 시선이 약속이나 한 듯 하늘을 향했다.

자신들의 머리 위 까마득한 높이에서 한 사람이 둥둥 떠 있 는 게 보였다.

아래를 굽어보는 그 무서운 눈과 마주치는 순간 설산팔룡 은 황충의 예상이 틀리지 않았다는 것을 알 수 있었다.

그리고 이어지는 극한의 공포.

그 공포는 곧 현실이 되었다.

쿠앙!

저녁노을을 머금은 구름 같기도 하고, 수많은 칼을 품은 바 람 같기도 한 정체불명의 덩어리가 땅으로 곤두박질치는가 싶더니 삽시간에 사방을 초토화시켰다.

사람들은 붉은 비늘이 반짝이는 적룡 한 마리가 자신들의 몸을 관통하는 것을 느꼈다.

육체적인 고통보다 정신적인 충격이 자신들을 더욱 괴롭혔다.

이윽고 적룡질주가 끝이 났을 때 주변에 남은 것이라곤 온통 갈기갈기 찢겨진 갑옷을 입은 설산팔룡뿐이었다.

그들의 갑옷은 묵강을 일만 번 단련하여 만든 것으로, 철갑가마대의 일반 무인들이 입고 있는 것과는 달랐다.

보검으로도 생채기 하나 낼 수 없다는 묵갑이 종잇조각처럼 찢어진 것이다.

흡사 태고의 거대한 짐승이 발톱으로 갈기갈기 찢어놓은 듯.

그리고 그 사이로 붉은 핏물이 쉴 새 없이 흘러나오고 있었다.

그제야 황충은 장산벽이 자신들을 보낸 것이 계략이었다는 천산도객의 말을 이해할 수 있었다.

그리고 금룡문의 장제자로만 알고 있는 천산도객의 진짜 정체도.

"다, 당신은……."

안타깝게도 그것이 황충의 살아생전 마지막 말이었다.

황충을 끝으로 설산팔룡 모두가 그 자리에서 즉사했다.

용악산은 설산팔룡의 시체 한가운데 서 있었다.

이제는 정말 돌아올 수 없는 강을 건넜다.

저들 하나하나의 신분을 생각하면 십종가 전체를 적으로
돌려놓았다고 해도 과언이 아니다.

어쩌면 강은 진작부터 건넜을지도 모른다.

그때 어디선가 광소가 들려왔다.

"하하하하, 과연 대종사의 전인답군!"

장원 안으로 홀연히 떨어져 내리는 사람은 장산벽이었다.

그는 주변을 둘러보더니 혀를 차며 말했다.

"쓰레기 같은 놈들!"

"한때는 너와 호형호제하던 사람들이 아니었던가?"

"내가 전에 얘기하지 않았던가? 고생을 함께한 사람들은
행복을 함께하지 못한다고. 어차피 거사가 끝나면 제거해야
할 놈들이었지. 수고를 덜어줘서 고맙군."

"신교를 배신하더니 십종가 내에도 그런 자들이 있군."

"역사는 학습되지. 하지만 이제는 그런 염려를 하지 않아
도 되겠어. 저들 마가의 맥이 끊어졌으니 말이야."

"구마종이 가만있지 않을 텐데."

"물론 가만있지 않겠지. 자신들의 무맥을 끊어놓은 너를
찾아 죽이려 하겠지."

"그것도 그렇군."

"두려워하지 않는군."

"두려워할 이유가 없으니까."

"좋아, 이제 못다 한 우리의 승부를 매듭지어 볼까?"

"자신만만하군."

"두려워할 이유가 없으니까. 그리고 오늘은 예전과 조금 다를 거야."

"기대하지!"

팽팽한 긴장감이 감도는 가운데 두 사람의 싸움이 시작되었다.

황하의 범선 위에서 첫 번째 격돌이 있은 후, 두 번째 승부였다.

첫 공격은 장산벽으로부터 시작되었다.

어깨 위로 치켜든 그의 대도가 예사롭지 않았다.

"혼원벽력도(混元霹靂刀)!"

용악산의 입에서 탄성이 터졌다.

천마군림도와 함께 쌍벽을 이루던 십종가의 보도.

"역시 알아보는군!"

혼원벽력도에서 백색의 기운이 어리는가 싶더니 이내 용악산을 향해 돌진했다.

혼마백광(魂魔白光).

도강의 일종이다.

빙백신공을 극성으로 익힌 자가 뿜어낼 수 있는 마도 무학 최강의 도강.

칼끝으로부터 무려 열 자나 뻗어 나온 백광은 사방의 공간을 어슷어슷 잘라냈다.

육중한 중병기로 극쾌의 도법을 펼침에 강기까지 더해졌
다.

최고의 마가에서 만들어낸 최고의 절기가 최고의 기재를
만나 최고의 보도를 통해 펼쳐지는 순간이었다.

오래전 북방의 평원에서 처음 장산벽을 만났을 때 용악산
은 그에게서 빙백신공의 흔적을 보았다.

그때 마도백가의 화룡토를 펼쳐 그의 수하였던 도귀를 물
리쳤다.

황하의 범선 위에서 두 번째 만났을 때는 장산벽이 가루라
염을 선보였다.

역시 십종가의 무학이었고 천적의 성격을 지닌 적룡장을
통해 그것을 파했다.

그런데 이번엔 도법의 정체를 알 수 없었다.

본시 십종가에서 절기로 내세우는 도법은 무쌍신극도(無雙
神極刀)였다.

하지만 지금 장산벽이 펼치는 도법은 그와 비슷하면서도
어딘지 달랐다.

단순히 강맹하고 패도적이라는 것만으로는 설명이 부족한
섬뜩함.

용악산은 본능적으로 위험을 감지했다.

꽈르으응! 꽝! 꽝!

용악산의 대도와 부딪친 백광은 몇 번이나 벼락음을 토해

내며 순식간에 옷자락을 한 자나 잘라냈다.

형(形)이 잘리고도 그 힘이 죽지 않는 검강.

이건 기문(奇聞)이다. 상리를 벗어난 무공.

"이제야 알겠나, 내가 왜 이번엔 다를 거라고 했는지?"

"혼원벽력도. 그땐 혼원벽력도가 없었군."

"역시 눈치가 빠르군. 백팔염라도(百八閻羅刀)는 혼원벽력도라야 온전히 시전할 수 있다. 천마군림도를 포기한 것도 그때문이지. 이미 소기의 목적은 충분히 달성했으니까."

장산벽은 천마군림도를 포기한 것이 자신의 의지라고 말한다.

믿고 싶지 않았지만 믿을 수밖에 없었다.

지금 장산벽의 도법이 그것을 말해주고 있었으니까.

"도법의 이름이 백팔염라도인가?"

"대가주께서 말년에 대종사를 상대하기 위해 창안한 마도무학의 결정체지!"

말이 끝남과 동시에 장산벽의 연이은 공격이 시작되었다.

그가 칼끝을 부르르 떨자 백광의 강기가 사방으로 비산했다.

덩달아 용악산의 칼도 춤을 추었다.

붉은 도강과 백색의 빛이 얽히면서 사방은 무수한 폭광으로 가득했다.

웅혼한 공력의 충돌에 천지가 진동하고 공간이 통째로 뒤

흔들렸다.

전속력으로 달릴 때 사람은 누구나 인간의 신체로는 감당할 수 없는 한계 지점을 느끼게 된다.

용악산에겐 지금 이 순간이 그랬다.

수백 개의 궤적을 동시에 만들어내면서도 모두가 실체인 장산벽의 백팔염라도를 도저히 따라잡을 수가 없었다.

어렸을 적 대종사를 따라간 이후 생전 처음 느껴보는 무력감.

궁극의 경지란 존재하지 않는다던 대종사의 말이 실감나는 순간이었다.

하지만 용악산에게도 한 수는 있었다.

용악산은 돌연 칼끝에 모은 진기를 거두었다.

육참골단(肉斬骨斷)!

살을 주고 뼈를 취할 참이었다.

어차피 장산벽을 무너뜨리기 위해서는 그 방법밖에 없었다.

예상대로 장산벽의 칼끝에서 뿜어져 나온 도강 하나가 빈 틈을 타고 용악산의 어깨를 서늘하게 파고들었다.

더불어 장산벽의 신형이 일 장 안으로 가까워졌다.

무언가 이상함을 느낀 장산벽의 얼굴이 흠칫 굳어졌다.

그가 황급히 칼을 회수하려 했지만 이미 늦었다.

용악산이 한 손으로 도신을 움켜잡음과 동시에 다른 한 손으로 적룡장을 펼친 것이다.

파아아아앙!

굉음에 함께 거대한 기운이 폭사되었다.

장산벽의 반응 역시 이미 신기에 달한 터였다.

그 찰나의 순간에도 궁신탄영의 수법을 펼쳐 몸을 십여 장 밖으로 뺀 것이다.

하지만 장산벽도 가슴에 격렬한 통증을 느끼는 것만큼은 어쩔 수 없었다.

적룡장은 내가중수법 최고의 경지.

뱃속이 진탕되는 고통과 함께 장산벽의 상체가 고꾸라졌다.

용악산도 멀쩡하지 않았다.

어깨를 관통한 혼원벽력도로 인해 피가 콸콸 쏟아졌다.

태어나서 처음 겪어보는 낭패.

하지만 지금은 상처를 돌볼 때가 아니었다.

지금 이 순간 장산벽의 숨통을 끊어놓지 않으면 영영 기회가 없을 것이라는 걸 알기 때문이었다.

"십종지룡, 이제 그만 매듭을 짓자!"

용악산이 천천히 장산벽을 향해 걸음을 옮겼다.

장산벽은 피를 토하는 한편, 고개를 들어 용악산을 노려보았다.

그의 입에서 쏟아지는 피는 어느새 지독한 냉기와 함께 하얀 수증기를 뿜어내고 있었다.

백화 현상.

그의 내부에서 빙백신공의 진기가 내상을 빠른 속도로 치료하고 있었다.

반 각이다.

현재 장산벽의 성취를 볼 때 반 각이면 그는 공력을 완벽히 회복할 수 있다.

그땐 용악산도 손을 쓸 수 없게 된다.

부상을 입은 용악산에 비해 장산벽은 멀쩡한 상태가 될 테니까.

용악산이 칼을 고쳐 잡으며 장산벽을 향해 달려갔다.

여전히 긴장을 늦추지 않았다.

아무리 내상을 입었다 한들 장산벽은 여전히 위험한 맹수였다.

"십 초식!"

장산벽이 말했다.

"무슨 뜻이지?"

"십 초식 안에 나를 죽여라. 그렇지 않으면 너의 형제들이 죽을 것이다."

그 순간 어디선가 함성이 들렸다.

"와아아아아! 외벽이 뚫렸다!"

용악산의 시선이 곧장 소리가 난 곳을 향했다.

공춘보와 하풍달이 지키고 있던 서쪽 외벽이 뚫린 것이다.

삽시간에 외벽을 새까맣게 뒤덮은 철갑기마대가 봇물 터지듯 외벽을 넘고 있었다.

그 틈을 타 철갑기마대는 무서운 속도로 외벽을 넘고 있었다.

흡사 제방이 무너진 것 같았다.

외벽을 넘은 철갑기마대는 이제 정문으로 향하고 있었다.

바깥에서는 멸천대, 안쪽에서는 철갑기마대의 공격을 동시에 받게 된 석승 일행은 고전을 면치 못했다.

이제는 정문이 문제가 아니었다.

자칫 금룡문 사람들 전체가 적들에게 둘러싸여 고립될 위기에 처한 것이다.

어차피 백병전을 예상했지만 그땐 용악산이 중심에 있는 상황이라야 했다.

용악산 없이는 멸천대와 철갑기마대의 공격을 반 각도 버틸 수 없게 된다.

"우리의 승부는 잠시 후로 미루는 게 어떤가?"

"이것까지도 계산에 있었던 것인가?"

"전투란 바둑과도 같아. 누가 몇 수를 내다보는지의 싸움이지."

"틀렸어. 전투란 무한 변수가 작용하는 법. 언제나 계산한 대로만 움직이지는 않지."

"무슨……?"

갑자기 용악산의 칼이 높이 치켜들렸다.

칼끝으로부터 한줄기 섬광이 뿜어져 나와 허공으로 치솟았다.

그것을 신호로 어디선가 말발굽 소리가 들려왔다.

한두 필의 말이 만들어낼 수 있는 소리가 아니었다.

이건 대규모 군집만이 만들어낼 수 있는 소리.

잠시 후 언덕 너머로 십여 명의 사람들이 모습을 드러냈다.

하나같이 건장한 체구에 손에는 보기에도 섬뜩한 중병기를 들고 있었다.

낯선 이들은 계속해서 나타났고 순식간에 백여 명으로 불어났다.

한창 격돌을 벌이던 사람들은 적아를 막론하고 전투를 멈추었다.

갑작스런 제삼 세력의 등장에 당황한 것이다.

저들이 적인지 아군인지 모르는 상황.

하지만 몇몇 사람들은 달랐다.

그들이 누구인지 알아본 것이다.


"이제야 도착했군."

정문에서 고전을 펼치던 석승이 나직이 말했다.

주변에 있던 동료들 모두의 입가에 미소가 어렸다.

생사고락을 함께했던 믿음직한 형제들이 등장하는 순간이
었다.

저들과 함께할 때는 무서운 것이 없었다.

그때 새로 나타난 무리들 중 선두에 섰던 한 사내가 큰 칼
을 높이 치켜들며 쩌렁쩌렁한 사자후를 토해냈다.

"청소를 시작하자!"

두두두두두두.

백여 필의 말이 금룡문을 향해 질주했다.

아군이 아님을 알아차린 철갑기마대가 뒤로 돌아 그들을
향해 달려갔다.

두두두두두두.

돌격용 장창을 든 철갑기마대와 육중한 도검을 든 또 다른
기마대의 대결.

삽시간에 땅으로부터 솟아오른 먼지가 사방을 자욱하게
덮었다.

그 먼지 폭풍 속에서 두 개의 무리가 격돌했다.

곳곳에서 터지는 금속성과 비명 소리.

"으아아악!"

"크아아악!"

참혹한 비명은 끊이지 않고 들렸다.

새로 등장한 무리들의 무공은 상상을 초월했다.

베고 찌르고 찍고.

그들이 지나간 자리에 철갑기마대의 시체가 즐비했다.

비로소 사태가 심상치 않음을 알아차린 멸천대가 가세했다.

전투는 금룡문의 정문에서 산릉선으로 중심이 옮겨갔다.

그와 동시에 금룡문 안에서 문주 은도천의 목소리가 들려왔다.

"정문을 열어라!"

은도천에겐 새로 등장한 사람들의 정체를 파악할 겨를이 없었다.

저들이 누구인지 모르나 하늘이 내려준 천재일우의 기회.

이 기회를 놓치면 철갑기마대와 멸천대를 물리칠 기회가 영영 오지 않을지도 모른다.

정문은 이미 부서진 상태였으니 열고 말고 할 것도 없었다.

석승 일행이 먼저 달려갔다.

뒤를 이어 금룡문의 제자들이 쏟아져 나왔고 삽시간에 전투는 혼전으로 치달았다.


혼전이 벌어지는 장면을 바라보는 장산벽의 심정은 복잡하기 이를 데 없었다.

용악산이 있는 한 금룡문을 치는 것이 쉽지 않을 것이라고는 짐작하고 있었다.

하지만 갑자기 나타난 저들은 또 누구란 말인가.

개개의 무공 또한 절대 멸천대의 아래가 아니었다.

지금도 멸천대까지 가세한 철갑기마대가 속속들이 무너지고 있지 않은가.

"이제야말로 끝낼 때가 온 것 같군."

용악산이 말했다.

장산벽은 각혈을 멈추었지만 아직 내상을 완전히 회복한 상태가 아니었다.

용악산의 손에 들린 대도가 다시 치켜 올라갔다.

장산벽의 표정이 흠칫 굳었다.

십 초식, 십 초식을 과연 견뎌낼 수 있을까.

그 순간,

쑤에애애액—!

어디선가 한줄기 날카로운 굉음이 들려왔다.

머리카락을 곤두서게 만들 만큼 섬뜩한 파공성이었다.

용악산은 파공성이 향하는 곳이 자신이라는 것을 본능적으로 알았다.

틀림없이 철전이 내는 소리다.

용악산은 황급히 몸을 비틀어 대도로 철전을 떨쳐 냈다.

따앙!

흡사 철 기둥을 쇠몽둥이로 두들기는 듯한 소리와 함께 외벽 위로 한 사람이 모습을 드러냈다.

장대한 체구에 육 척에 이르는 먹빛 철궁을 든 백발노인.

철전을 쏜 사람은 철궁을 든 노인이 틀림없었다.

세상에 이토록 강맹한 철전을 쏠 수 있는 사람은 한 명밖에 없다.

"궁마왕(弓魔王) 이기백!"

용악산의 입에서 나직한 탄성이 터져 나왔다.

제오마가의 가주이며 궁술에 관한 한 무적을 자랑하는 절대고수.

생각지도 않았던 강자의 등장에 용악산의 충격은 컸다.

지금 이 순간 궁마왕의 등장은 전세의 균형을 단번에 무너뜨릴 수 있을 만큼 영향이 컸다.

궁마왕은 장산벽과 용악산을 번갈아 바라보더니 거침없이 걸어왔다.

"십종지룡을 이렇게 만들다니, 놀랍군."

용악산은 조용히 대도를 들어 궁마왕을 겨냥했다.

싸움을 걸어온다면 피하지 않겠다는 의지.

하지만 궁마왕은 고개를 저으며 말했다.

"상세가 심상치 않아 보이는데 나를 상대할 수 있겠나?"

"얼마든지."

"후훗, 좋아, 기백이 마음에 드는군. 하지만 오늘은 이만하지. 자네는 내가 아니라 십종지룡의 몫인 것 같으니 말일세."

"왜 굳이 장산벽이어야 하는 거요?"

"십종지룡의 신격화를 위한 제물로 자네만 한 인물도 없으니까 말이야."
　궁마왕은 말과 함께 장산벽을 옆구리에 끼고는 홀연히 사
라졌다.

# 第七章

## 한밤중에 찾아온 손님

天山刀客

전투는 중단되었다.

두 번째 격돌로 설산팔룡 모두가 죽고 철갑기마대는 절반 정도가 죽거나 부상을 당했다.

멸천대 또한 피해가 적지 않았다.

무적과 불패의 신화를 자랑하던 그들이 절반이나 목숨을 잃은 것이다.

그 중심에는 새로 나타난 용악산의 수하들이 있었다.

항주를 중심으로 금룡문의 선전에 대한 소문이 빠르게 퍼졌다.

요동에서 시작된 후 파죽지세로 밀고 내려오던 철갑기마

대의 행보를 막아선 최초의 문파였기 때문이다.

강호의 그 어느 문파도 해내지 못한 일을 항주의 작은 문파가 해낸 것이다.

금룡문도 피해를 입지 않은 것은 아니었다.

두 번의 격돌로 정문은 대파되었으며 일대제자들 중 십여 명이 죽었다.

그 정도만 해도 가히 기적적인 일이었지만 떠난 자들에 대한 슬픔은 남은 자들의 가슴을 오랫동안 짓눌렀다.

그나마 위안이 된 것은 새로 등장한 무리들의 존재였다.

그들은 중원 곳곳에서 상방과 표국, 객점 등을 운영하는 사람들이라고 자신들을 소개했다.

마도의 침략으로 피가 들끓던 중 우연한 기회에 항주의 작은 문파에서 항전을 준비한다는 소식을 듣고 황급히 달려왔다고 했다.

금룡문 사람들은 사기가 충천했다.

누군가 자신들을 알아준다는 느낌, 아직 강호에 협의가 죽지 않았다는 가슴 벅찬 감격으로 그들은 손님들의 손을 맞잡으며 고마워했다.

물론 용악산과 석승 등은 옛 형제들을 다시 만난 기쁨을 남몰래 만끽했다.


＊　　　＊　　　＊

금룡문의 밤이 깊어갔다.

적들은 아직 물러가지 않고 장원 밖 천목산 중턱에서 대기하고 있었다.

문제는 그 적들의 숫자가 점점 늘어난다는 데 있었다.

두 번의 격돌이 있은 후 절반으로 줄어들었던 인원이 어느새 일천을 훌쩍 넘겼다.

모두 궁마왕이 이끌고 온 자들이었다.

적들의 숫자는 지금도 계속해서 늘어나는 중이었다.

동이 터오를 무렵이면 또 얼마나 불어 있을지 짐작조차 할 수 없었다.

더욱 위험한 것은 저들 속에 궁마왕이 있다는 점이었다.

궁마왕의 엄호를 받으며 저들이 일시에 돌진한다면 제아무리 튼튼한 철옹성이라고 해도 무너질 수밖에 없었다.

진퇴양난.

애초 그럴 생각도 없었지만 이제는 성을 버리고 탈출할 수도 없거니와, 저들을 상대로 수성을 하는 것도 어렵게 되었다.

이천에 육박하는 숫자에 이어 궁마왕의 등장은 단번에 사태를 바꾸었다.

금룡문의 운명이 풍전등화의 위기에 처한 것이다.

그 무렵, 한 사람이 금룡문을 찾아왔다.

천여 명에 이르는 적들의 눈을 속이고 장원으로 잠입한 것
에 대한 의문은 그의 정체가 드러나는 순간 깨끗이 사라졌다.

"꺼억, 오랜만이오, 문주."

게슴츠레한 눈빛으로 술 트림을 길게 하는 사람은 뇌신통
이었다.

언젠가 금룡문이 천목산 꼭대기에 장원을 지을 때 벽력탄
을 터뜨려 도움을 주었던 강호사괴 중 일인.

생각지도 않았던 인물의 등장에 금룡문 사람들은 놀라움
을 금치 못했다.

특히 지은 죄가 있는 공춘보는 채홍만의 너른 등판 뒤에 숨
어 옴짝달싹하지 않았다.

뇌신통이 가져온 소식은 더더욱 놀라운 것이었다.

"야천왕이 전하라 하기를, 문주께서 결심을 하신다면 약간
의 도움을 줄 수도 있을 것 같다고 했소이다."

간단한 수인사가 오가고 난 후 뇌신통이 은도천에게 한 말
이었다.

"도움이라 하시면?"

"북망동이 흉흉한 곳이기는 해도 거기 역시 사람 사는 곳
이지요. 뭐, 미친 개떼들을 피해 잠시 숨어 있을 정도는 됩니
다. 꺼억."

"무슨 말씀이신지……."

"거차암, 고지식한 양반일 거라고 하더니만 이제 보니 말

귀까지 어두우시구려. 북망동으로 들어오라, 이 말이오.”
“지금… 우리에게 북망동으로 피신을 하라는 겁니까?”
“문주께서도 지금의 사태를 아시겠지요? 내일 새벽이면 강
서로 진격했던 마인들이 속속들이 집결할 거요. 제자들의 기
상이 아무리 용맹하다 해도 용기만으로는 안 되는 일이 있지
않겠소이까?”
은도천은 그제야 뇌신통이 하는 말의 의미를 알아들었다.
은도천은 눈을 지그시 감은 채 한동안 장고에 빠져들었다.
쉽게 판단을 할 수 없는 일이었다.
이곳에 장원을 열고 개파를 하기까지 얼마나 우여곡절이
많았는가.
만에 하나 천하가 정말 마도의 세상이 된다면 자신들은 발
딛을 곳이 없게 된다.
영락없이 북망동의 주민으로 살아야 하는 것이다.
북망동이라고 해서 언제까지나 안전한 것도 아니었다.
하지만 그 모든 것을 염두에 두고서라도 그에겐 이곳을 버
려야 할 이유가 있었다.
다른 어떤 것보다 중요한 단 한 가지 이유.
‘제자들의 목숨을 살려야 한다.’
이윽고 은도천은 결심한 듯 눈을 뜨며 말했다.
“장원을 버린다.”
“아버지!”

“사부님!”

“지금 제정신이세요?”

은서령과 하풍달에 이어 공춘보가 버럭 목소리를 높였다가 뇌신통과 눈이 마주친 후 다시 채홍만의 등 뒤로 사라졌다.

“그럴 수는 없습니다. 어떻게 일군 장원인데… 적들에게 넘겨줄 수는 없습니다.”

표자룡이 강한 어조로 말했다.

“자룡아, 한 문파의 힘은 무엇에서 나온다고 했더냐?”

“장원의 크기가 아니라 문도의 결속력이라고 하셨습니다.”

“장원은 그저 껍데기일 뿐이니라. 너희들이 살아 있는 한 금룡문은 결코 사라진 것이 아니다.”

“사부님!”

“일대제자들을 생각하거라. 난 장원을 버릴지언정 저들을 버릴 수는 없느니라.”

표자룡은 말을 잇지 못했다.

금룡문은 사부의 피땀이 모두 녹아 있는 곳이었다.

그가 이런 결정을 내렸을 때는 얼마나 뼈를 깎는 결심을 하였을 것인가.

모두가 침통한 표정으로 침묵하는 가운데 은도천이 용악산을 향해 조용히 말했다.

"그만하면 충분하느니라."

용악산은 잠시 생각에 잠기더니 뇌신통에게 물었다.

"어떻게 된 겁니까?"

"뭐가 말인가?"

뇌신통이 호리병에 든 술을 한 모금 하고는 게슴츠레한 눈으로 물었다.

"야천왕을 움직인 것이 누구냐고 묻는 것입니다."

"세상에 그 고집불통을 움직일 수 있는 사람이 그 아이 말고 또 있겠는가?"

"서문홍주……."

결국 서문홍주가 야천왕에게 부탁을 했다는 소리다.

뇌신통의 말이 이어졌다.

"야천왕이 이르기를, 북망동까지만 무사히 오면 목숨을 보장해 주겠다고 했네."

북망동이라면… 북망동이라면 희망이 있다.

천하의 온갖 흉신악살들이 모여 있어 정파무림으로서도 감히 손댈 생각을 못했던 천외천의 비처.

세상 사람들은 아직도 북망동의 숨은 저력을 알지 못했다.

얼마나 많은 고수가 은거하고 있는지, 얼마나 많은 사람들이 살고 있는지.

용악산은 선뜻 결정을 내리지 못했다.

따지고 보면 자신으로 인해 이 모든 사단이 난 것이다.

금룡문이 예전의 작은 무관으로 머물렀다면 장산벽은 금룡문을 쳐다보지도 않았을 것이다.

이제 와서 금룡문 사람들에게 정든 집을 버리라고 하려니 가슴이 쓰라렸다.

"곧 동이 터오를 거야. 시간이 많지 않아."

용악산은 조용히 은도천을 보았다.

마지막 결정을 내리기 전 사부의 의향을 다시 한 번 확인하려는 것이다.

은도천은 용악산의 부담을 들어주기라도 하려는 듯 가볍게 웃으며 고개를 끄덕였다.

용악산은 마침내 결심을 내렸다.

"서령, 전 제자들을 모두 한곳에 모아라."


*　　　*　　　*


횃불 아래로 삼삼오오 사람들이 모여들었다.

활활 타오르는 횃불 아래에 모인 사람들의 표정은 참담하기 이를 데 없었다.

어제까지만 해도 수련을 하던 연무장이었다.

정든 곳을 버리고 그 악명 높은 북망동으로 들어가야 한다니 마음이 좋을 리가 없었다.

용악산은 횃불 아래로 모여드는 사람들을 살피고 있었다.

이것저것 세간을 챙겨 등에 진 사람들부터 시작해 허리춤에 칼이란 칼은 빽빽이 꽂은 자들까지.

사람들이 어느 정도 모이자 은서령이 보고를 했다.

"오십삼 명이 모였습니다."

말을 하는 은서령의 목소리에 기운이 하나도 없었다.

"왜 오십삼 명이지?"

용악산이 물었다.

은서령은 터지는 울음을 참으려는지 이를 악물었다.

"묻잖아, 왜 오십삼 명밖에 되지 않느냐고."

용악산이 다그치자 보다 못한 하풍달이 나섰다.

"대사형, 서른 명은 떠나지 않겠다고 합니다."

"어째서?"

"그들은……."

하풍달 역시 은서령과 마찬가지로 뒷말을 잇지 못했다.

"풍달!"

용악산의 목소리가 한층 서늘해졌다.

지금은 대적을 눈앞에 두고 촌각을 다투는 상황.

사람들이 느슨해지는 걸 막기 위해서라도 무섭게 대할 수밖에 없었다.

그러나 하풍달은 이번에도 머뭇거리기만 할 뿐, 선뜻 대답을 못했다.

대답은 저만치 어둠 속에서 들려왔다.

"우리는 남겠습니다."

이대제자인 서광택이 삼십여 명의 사람을 이끌고 나타났다.

두 차례에 걸친 격돌로 부상을 입은 자들이었다.

중상을 입어 혼자서는 거동을 할 수 없는 자들은 다른 동료들의 부축을 받으며 가까스로 서 있었다.

하나밖에 남지 않은 팔에 칼의 손잡이를 붕대로 칭칭 동여맨 서광택이 은도천을 향해 낮게 엎드렸다.

"태사부님, 부디 강녕하십시오."

서광택을 시작으로 뒤에 서 있던 삼십여 명의 제자들이 동시에 땅에 엎드려 대례를 올렸다.

살아생전 마지막이 될 인사였다.

"무슨 짓이더냐!"

은도천이 노한 목소리로 말했다.

"어차피 저희들은 짐만 될 뿐입니다. 살아서 형제들을 위험에 빠뜨리느니 한 놈이라도 더 데리고 죽겠습니다."

"노옴! 네놈이 정녕 나를 저 살고자 제자를 사지로 몰아넣는 못된 사부로 만들 작정이더냐!"

"현실을 직시하십시오!"

"뭣이라!"

"우리를 데리고 가면 모두가 죽는다는 걸 태사부님도 알고 저희들도 압니다. 하지만 우리가 남으면 다른 형제들이 살아

날 가능성이 있습니다. 정에 얽매여 금룡문의 맥을 끊으시렵
니까?"

"네놈이 무엇이관대 감히 금룡문의 맥을 운운한단 말이
냐!"

촤앙!

화가 난 은도천이 대검을 뽑았다.

발검과 동시에 검은 서광택의 목에서 멈췄다.

서광택은 한 걸음도 움직이지 않고 그 자리에 서 있었다.

하늘이 무너질지언정 사부가 자신을 죽이지 않을 거라는
믿음이 있었기 때문이다.

"네놈들을 사지에 남겨두고 이 사부가 혼자 떠날 듯싶더
냐. 잔말 말고 준비를 하거라!"

은도천과는 말이 통하지 않는다고 생각했는지 서광택이
고개를 돌려 용악산에게 말했다.

"태사부님을 부탁합니다. 그럼."

그는 용악산을 향해 공손히 포권을 하고는 뒤로 돌아 장원
밖으로 나가려 했다.

그때 용악산이 말했다.

"서라."

서광택이 천천히 몸을 돌렸다.

"건방진 놈이로구나. 사부님께서 너희들을 버리지 않았거
늘, 어찌 너희들이 사부를 버리려는 것이냐."

“대사형!”

엄격히 말해 용악산은 이대제자들에게 사백이 되었다.

하지만 각자의 사부가 정식으로 정해지지 않았고 아직은 금룡문의 기본공을 수련하는 정도였기에 대부분은 용악산을 대사형, 은도천은 태사부라고 불렀다.

“시끄럽다. 사부님의 명을 받들어 모두 떠날 준비를 하라.”

용악산은 서광택이 무어라 대답할 시간을 주지 않고 곧장 추립에게 말했다.

“전날 고래작살을 싣고 왔던 수레를 가져다주겠소?”

“그리하지요.”

추립이 장산과 유소악을 데리고 쏜살같이 사라지더니 순식간에 수레 석 대를 끌고 왔다.

용악산은 다시 표국의 국주로 신분을 위장하고 온 자신의 수하 방종호에게 말했다.

“표국을 운영했다고 들었소.”

“그렇습니다.”

“이 수레가 가장 빠른 속도를 내려면 몇 마리의 마필이 좋겠소?”

“보시다시피 수레는 틀이 무겁고 바퀴의 구조가 마차와 달라 속도를 내기가 무척 어렵습니다. 무슨 이유인지 모르나 마차로 대처하심이……”

"마차는 없소. 우리가 가진 건 이것뿐이오."

"흠, 그렇군요. 제게 잠시 시간을 주시겠습니까?"

방종호가 말을 하면서 눈을 찡긋 했다.

[종호, 시간이 없다.]

[일각이면 충분합니다, 대주.]

"좋습니다."

방종호가 자신의 수하들에게 손짓을 했다.

그러자 십여 명이 연장을 들고 우르르 달라붙더니 순식간에 수레를 마차로 개조했다.

투박한 원형에 커다란 덩치는 그대로였지만 이만하면 훨씬 빠른 속도를 낼 것 같았다.

거기다 방종호는 십(+)자 모양의 횡목 두 개를 덧대고 각각 힘 좋아 보이는 네 필의 말을 묶었다.

그러자 순식간에 사두마차 네 대가 만들어 졌다.

사람들이 어리둥절해하는 사이 용악산이 말했다.

"풍달, 혼자 걸을 수 없는 제자들을 모두 마차에 태워라."

"예?"

"어서."

"알겠습니다, 대사형!"

하풍달은 신나게 대답하고는 발빠르게 움직였다.

그제야 용악산의 의도를 이해한 은서령과 다른 사람들도 열심히 하풍달을 도왔다.

용악산은 다시 서광택에게 말했다.

"싸울 수 있겠나?"

"물론입니다."

서광택이 자신의 손목에 묶은 칼을 들어 보이며 말했다.

칼을 동여맨 붕대가 붉은색으로 축축하게 젖어 있는 걸 보아 그 역시 상태가 심상치 않았다.

그건 다른 사람들도 마찬가지였다.

다친 곳이 팔이었기에 그나마 다리는 멀쩡해 마차를 빌리지 않고 달릴 수 있을 뿐, 철갑기마대를 상대로 전투를 벌이기엔 힘든 상황이었다.

하지만 용악산은 굳이 그걸 꼬집지 않았다.

정작 싸우고 싶어도 싸울 수 없는 본인들은 얼마나 속이 쓰리겠는가.

"좋아, 싸울 수 있는 사람들을 추려 마차를 에워싸라. 너희들이 할 일은 부상당한 제자들을 지키는 것이다. 할 수 있겠나."

"대… 사형."

"눈물을 보이지 마라! 어린 제자들이 보고 있다."

"알겠습니다!"

서광택은 씩씩하게 대답을 하고는 은서령과 하풍달이 하는 일을 도왔다.

용악산은 부상의 여부를 막론하고 제자들 전부를 돌아보

며 우렁우렁한 목소리로 말했다.

"쓸데없는 짐들은 모두 버려라. 무기도 손에 익은 것 하나만 든다. 전속력으로 적진을 돌파하되 한 가지 사실만 명심하라!"

"……?"

사람들의 시선이 모두 용악산의 입으로 모였다.

"한 명이라도 낙오되면 돌파는 거기서 멈춘다. 그리고 그가 구출될 때까지 모두가 함께 싸운다!"

순간 불같이 뜨거운 감정이 머리를 스치고 갔다.

불길은 가슴과 가슴으로 이어졌다.

마침내 불길이 모두의 가슴에서 뜨겁게 타올랐을 때, 우레와 같은 함성이 터졌다.

"금룡문 만세!"

"태사부 만세!"

"대사형 만세!"

용기백배한 제자들이 중상자를 실은 마차의 곁에 붙었다.

결사항전을 결심한 듯 모두들 손목에 칼을 칭칭 동여맨 상태였다.

용악산의 지시는 이어졌다.

"사부님께서는 아우들을 이끌고 마차의 좌우와 후미를 맡아주십시오."

"넌 어찌하려느냐?"

"저들과 함께 길을 열겠습니다."

용악산이 말을 하면서 저만치 모여 있는 백여 명의 사람들을 가리켰다.

은도천의 시선이 그쪽으로 향했다.

정체를 알 수 없는 괴승려 석승 등을 비롯해 중원 전역에서 자신들을 도우러 왔다는 사람들.

그들은 벌써 가장 선두에 서서 병장기를 뽑아 들고 있었다.

그 모습에서 오랜 세월 전장을 떠돈 백전노장과도 같은 익숙함이 느껴졌다.

더불어 어딘지 섬뜩하게 느껴지는 흉흉한 기운.

삶과 죽음의 경계를 숱하게 넘어본 사람들만이 뿜어낼 수 있는 기운이랄까.

아무리 봐도 표국, 상방, 객점 등을 운영하던 사람들이 아니었다.

*　　　*　　　*

저 멀리 잿빛 하늘이 아침이 멀지 않았음을 말해주고 있었다.

용악산은 가장 앞에서 말을 타고 섰다.

그의 뒤에는 석승을 비롯한 용악산의 옛 수하 백 명이 집결했다.

다시 그 뒤로는 문주 은도천이 공춘보를 비롯한 일대제자들과 함께 마차를 호위하고 있었다.

안쪽에서 일어나는 상황을 바깥에서 알아차릴 수 없도록 정문은 이미 초저녁에 커다란 황포로 가린 상태였다.

이제 저 황포를 연결한 밧줄을 끊어버리는 순간 이천을 헤아리는 적들을 뚫고 달려가야 한다.

사람들은 모두 용악산의 뒤통수만 바라보며 명령이 떨어지기만을 기다리고 있었다.

그때 적의 동태를 살피기 위해 외벽 위로 올라갔던 공춘보가 내려왔다.

"젠장, 놈들이 벌써 눈치를 챈 것 같습니다. 모두들 무장을 끝내고 백 장 밖에서 대열을 갖추고 있습니다."

"그렇겠지."

"예에? 대사형은 이미 알고 계셨단 말입니까?"

"적들이 바보가 아닌 다음에야 낌새를 채지 않았겠느냐."

"끄응, 그건 그렇지만."

"춘보야."

"예."

"너에겐 따로 부탁할 것이 있다."

명령이 아니라 부탁이라고 했다.

공춘보가 의아한 표정을 지으며 말했다.

"뭔데 그러십니까?"

용악산은 공춘보의 귀를 잡아당기며 한층 목소리를 낮춰 말했다.

"천목산 아래에 있는 옛 장원을 기억하느냐?"

"그건 왜 그러십니까?"

"그곳 별원에 사부님께서 사모님을 위해 지어놓으신 화원을 아느냐?"

"알다마다요. 풍달이와 제가 그곳에서 가끔 술도 홀짝이곤 했는걸요. 달이 뜨면 풍광이 끝내주거든요. 참, 사부님과 사매에게는 비밀입니다."

"그곳에 가면 월견초라는 화초가 있다. 달이 뜨면 꽃망울을 터뜨리는 영물인데 사모님께서 살아생전 손수 가꾸셨던 화초지."

"그건 저도 잘 압니다. 사모님이 돌아가시고 나서는 사매가 애지중지 키웠지요. 사매는 모르지만 가끔은 사부님께서도 들러 월견초를 바라보며 혼잣말을 하시곤 하더군요. 풍달이와 전 처음에 사부님이 노망이 나신 줄 알았지요. 큭큭큭, 하지만 나중에 알고 보니……."

끝도 없이 늘어지는 공춘보의 말은 용악산에 의해 잘렸다.

"그걸 캐오너라."

"으에?"

화들짝 놀라는 공춘보의 얼굴은 새파랗게 질려 있었다.

"뿌리를 상하게 하지 말고 포기째 고이 담아 오너라. 할 수 있겠느냐?"

공춘보는 용악산이 무슨 말을 하는지 알 것 같았다.

새로운 장원으로 터전을 옮기고 난 후에도 사부와 은서령은 시시때때로 옛 장원을 찾았었다.

그것이 별원에 심어둔 월견초 때문이라는 걸 공춘보도 알고 있었다.

처음부터 새로운 장원으로 옮겨오지 않은 것은 옛 장원과 화원에 얽힌 추억 때문이었다.

사람들이 장원을 비운 후 적들이 그곳까지 장악하게 되면 화원은 쑥대밭이 될지도 모른다.

그들이 어떻게 월견초라는 영물을 알아볼 것이며 그것에 얽힌 사연을 알 것인가.

누구보다도 그 사실을 잘 알고 있는 사람은 사부와 은서령이었다.

하지만 제자들을 지키는데도 손이 모자라니 차마 그것에 대한 얘기를 꺼내지 못하고 있었던 것이다.

다시 한 번 슬쩍 뒤를 돌아보니 은도천과 은서령은 제자들의 상태를 점검하기에 바빴다.

"대사형, 저만 믿으십시오!"

공춘보가 자신의 가슴을 탕탕 치며 말했다.

"대신 저도 한 가지 부탁이 있습니다."

"……?"

"사부님과 사매를 꼭 지켜주겠다고 약속해 주십시오."

"……?"

용악산이 오기 전까지만 해도 공춘보는 은도천의 장제자였다.

누구보다 오랫동안 은도천을 모셨고 은서령이 자라는 모습을 지켜보았다.

그에 비하면 용악산이 그들을 안 것은 불과 일 년도 채 되지 않았다.

어느 순간 문득문득 용악산은 자신이 이방인이라는 걸 느꼈다.

지금처럼 공춘보가 은도천과 은서령을 지극히 생각할 때면 더더욱.

"약속하마."

"그럼 전 이만. 카악, 퉤!"

공춘보는 손바닥에 침을 뱉어 칼을 한 번 고쳐 잡더니 슬그머니 뒤로 빠졌다.

일대제자들과 함께 뒤섞였지만 혼전이 벌어지면 몰래 빠져나가 용악산의 부탁을 이행할 것이다.

용악산은 공춘보를 믿었다.

그라면 충분히 해낼 수 있었다.

용악산이 아는 한 공춘보는 항주를 통틀어 가장 약삭빠른 사람이었으니까.

공춘보가 물러나고 난 뒤 이번에는 열 명이 말을 몰아 용악산의 곁으로 다가왔다.

일조장 석승을 비롯한 조장들이었다.

"대주, 옛날 생각나지 않으십니까?"

석승이 물었다.

"무슨 말이냐?"

"신산 주봉에서 대종사께서 서거하실 때 말입니다."

"그게 왜?"

"그때 우리는 숲에 숨어 있었잖습니까. 대주께서 해산하라고 하실 때 어찌나 섭섭하던지 눈물이 왈칵 쏟아집디다."

"그래서?"

"이렇게 다시 만나 함께 싸울 수 있으니 얼마나 좋습니까? 안 그렇냐, 표 가야."

"난 어쩐지 좀 섭섭하오."

이조장 표충수가 심드렁한 표정으로 말했다.

"응? 뭐가?"

"어쩐지 대주를 다른 사람들에게 빼앗긴 것 같아서 말이오."

말을 하면서 표충수는 저만치 뒤쪽에 서 있는 금룡문 사람들을 보았다.

나름대로 비장한 얼굴들을 하고 있지만 자신들이 보기엔 순진하기 짝이 없는 얼굴들이다.

과연 제대로 칼이나 휘두를 수 있을까 걱정이 되는.

"크크크, 내 너희들에게만 슬쩍 귀띔을 해주는데, 다들 알아서 잘 모셔라."

"그건 왜 그렇소?"

삼조장 방종호가 다가와서 물었다.

석승은 용악산의 눈치를 힐끗 보면서 말했다.

"잘하면 저 사람들 중에 누군가 주모가 되실지도 모르니까. 그렇게 되면 금룡문은 대주의 처가가 되고 저기 저 덜떨어진 제자들은 죄다 우리의 사돈이 되는… 큼!"

석승이 말을 하다 말고 용악산의 무서운 눈초리를 느끼고는 황급히 말문을 닫았다.

표충수와 방종호 등은 바짝 호기심이 일어 슬금슬금 말을 몰아 석승의 곁으로 바짝 붙었다.

방종호가 전음으로 물었다.

[그게 뭔 소리요?]

[이런 눈치코치도 없는 놈들. 척 보면 모르냐?]

[거참, 빙빙 돌리지 시원하게 털어놔 보시오. 그러니까 금룡문 사람들 중에 대주께서 마음을 주신 이가 있단 말이오?]

[그렇다니까.]

표충수가 돌연 고개를 돌려 금룡문 사람들을 휘이 둘러보았다.

그중 한 사람, 눈부시게 아름다운 여인이 있었다.

금룡문주의 외동딸이라는 여자.

이름이 은서령이라고 했던가?

"설마, 저 여자가!"

놀란 나머지 표충수는 전음을 사용하는 것도 잊었다.

용악산의 눈매가 또 가늘어지자 표충수는 찔끔해서 다시 전음으로 물었다.

[대주께서 저 여자에게 마음을 주었단 말이오?]

[마음만 준 게 아니라 몸도 주었다더라.]

[에이, 설마. 형님이 그걸 어떻게 아시오?]

[공춘보라는 놈이 있어. 아까 들창코 봤지? 그놈이 그놈이야. 일전에 내가 은혜를 베푼 줄 알고 유난히 나한테 친한 척을 하거든. 근데 어젯밤 그놈이 나만 알고 있으라면서 슬쩍 귀띔을 해주더라고. 자기 사매랑 대사형이 보름 전 풀숲에서 헛짓거리를 하다가 자기한테 들켜 개망신을 당했다나 뭐라나.]

"에에?"

이번엔 방종호가 전음 쓰는 걸 깜박했다.

화들짝 놀란 그가 용악산의 눈을 슬그머니 피하는 사이 석숭은 조장들 모두에게 동시에 전음을 날렸다.

이번에는 지금까지와 달리 무겁고 진지한 목소리였다.

[좋은 여자다. 대주의 여자로 충분히 자격이 있는 여자야. 그러니 그분을 대함에 있어 실수가 없도록. 또한 금룡문은 이

제 우리에게 남이 아니니 형제를 대하듯 지켜야 할 것이다. 다들 알겠느냐!]

사람들은 침묵했다.

대종사가 죽은 후 얼어붙었던 대주 용악산의 마음을 녹인 사람들.

그렇다면 충분히 형제로 받아들일 수 있는 사람들이다.

그들은 약속이나 한 듯 굳게 다문 입술로 일제히 고개를 끄덕였다.

용악산은 이미 암중에 이는 이상한 기운을 읽고 있었다.

저렇듯 바짝 붙어 눈알까지 팽팽 돌리는데 어떻게 모르겠는가.

다만 그 정확한 내용을 몰라 어리둥절할 뿐이었다.

용악산이 조용히 고개를 돌려 석승을 바라보았다.

"무슨 짓이야?"

"아무것도 아닙니다요."

석승은 시치미를 뚝 떼더니 조용히 말을 몰아 일조원들 곁으로 갔다.

다른 조장들도 모두 각자의 위치로 돌아갔다.

이런 일련의 움직임을 읽은 뒤쪽의 금룡문 사람들도 바짝 긴장하기 시작했다.

모든 준비가 끝나자 석승이 용악산에게 말했다.

"대주, 한말씀 하시지요."

용악산과 금룡문 사람들 사이에는 수하들 백 명이 있었기 때문에 석승의 이런 작은 소리는 금룡문 사람들에게 들리지 않았다.

그걸 알기에 석승이 편하게 말을 한 것이었다.

용악산은 예전의 수하들을 둘러보며 말했다.

"언제나와 같다. 상처 입는 자, 적들에게 쓰러지는 자, 모두 내 손에 죽을 줄 알아라!"

그러자 여기저기서 수군거리는 소리가 들려왔다.

"쯧쯧쯧, 저 결벽증. 하여튼 못 말리신다니까."

"그러게 말이야. 싸우다 보면 칼도 좀 맞고. 피도 흘리고 그러는 거지."

"착한 사람들하고 살면서 좀 부드러워지셨나 했더니 예전이랑 똑같네, 똑같아."

"에효, 불쌍한 철갑기마대들……."

그때 용악산이 대도로 정문에 붙어 있던 밧줄을 잘랐다.

터엉!

팽팽한 밧줄이 끊어지는 소리와 함께 정문을 가리고 있던 황포가 끈 떨어진 연처럼 떨어져 내렸다.

퍼러러럭!

커다란 소리와 함께 한차례 먼지가 자욱하게 일었다.

잠시 후 먼지가 조금씩 사라지면서 바깥의 광경이 어렴풋하게 보이기 시작했다.

저 멀리 동이 터오기 시작하는 바다를 배경으로 완전 무장을 갖춘 철갑기마대가 새까맣게 도열해 있었다.

전력의 차이가 극명하게 나면 숫자는 무의미해진다.

"꿀꺽!"

누군가의 침 삼키는 소리가 천둥처럼 들렸다.

공춘보였다.

사람들이 얼굴을 찌푸리는 사이 진짜 천둥소리가 들렸다.

"돌격하라!"

창룡후(蒼龍吼)!

호랑이는 사냥감을 발견하면 먼저 포효를 내지른다.

사냥감은 도망칠 생각조차 하지 못하고 한순간 마비 상태가 되어버린다.

창룡후는 창공을 비상하는 용의 포효다.

第八章
가자! 북망동으로

天山刀客

　누군가 내지른 창룡후에 산 중턱을 에워싸고 있던 철갑기마대는 오싹한 공포를 느꼈다.
　한순간 상단전이 진탕당한 충격에 그 자리에서 얼어붙어버린 것이다.
　저만치에서는 천산도객을 필두로 흉흉한 기세를 뿜어대는 백여 명의 무인들이 무섭게 질주해 오고 있었다.
　말발굽 소리가 들리기 시작한 건 한참이나 지난 후였다.
　창룡후로 인한 충격 때문이었다.
　두두두두두두두.
　소리는 점점 커졌고 곧 땅을 진동시켰다.

이어 장산벽이 외쳤다.

"궁수 준비!"

쩌렁쩌렁 울리는 명령에 후방의 궁수 삼백의 강궁이 부러질 듯 휘었다.

철갑기마대는 기본적으로 달단 기마민족 용사들의 편제를 차용했다.

이들이 사용하는 무기는 세 가지.

돌격창과 초승달처럼 구부러진 환도, 그리고 활이다.

가장 먼저 후방의 궁수들이 강궁으로 원거리의 적들에게 화살 비를 쏟아붓는다.

다음엔 십 척이 넘는 돌격창을 앞세우고 질풍처럼 달려가 적의 예봉을 꺾고 진영을 휘저어놓는다.

마지막으로 백 근이 넘는 환도를 든 도수들이 이미 난장판이 된 적들 사이로 뛰어들어 살아 있는 자들을 도륙한다.

말 위에서 환도를 휘두르면 정확히 적의 목에 닿는다.

이렇게 단순하면서도 가장 효율적인 전투 기술은 사나운 기마민족의 오랜 경험에서 비롯된 것이었다.

"발시!"

첫 번째 명령이 떨어졌다.

파파파파파팟!

하늘에 빗금을 그어놓은 것만큼이나 많은 화살이 솟아올랐다.

포물선을 그리며 날아간 화살은 흡사 뒤집어놓은 뱃바닥에 우박이 떨어지는 소리를 냈다.

투투투투투투퉁!

금룡문 사람들이 목간으로 막아선 것이다.

그럼에도 화살 비는 두 번이나 더 퍼부어졌다.

사태는 장산벽의 예상을 벗어났다.

애초 화살 비를 쏟아부은 것은 적들의 전진 속도를 늦추기 위해서였다.

하지만 선두에서 말을 달려오는 사람들의 기세는 가히 말과 사람이 하나가 된 괴물에 가까웠다.

"창병 돌격!"

장산벽의 입에서 두 번째 명령이 떨어졌다.

하늘을 향해 찌를 듯 솟아 있던 천여 개의 돌격창이 전방을 향해 일제히 사선으로 누웠다.

창병들이 탄 말이 질주하면서 창은 점점 아래로 향했다.

마주 달려오는 용악산과 수하들은 돌격창의 절반에도 채 미치지 못하는 도검을 들었다.

도검들 중에서는 장병기에 속할지 몰라도 돌격창에 비할 바가 아니었다.

이대로 충돌한다면 도검을 든 쪽이 돌격창에 산적처럼 꿰뚫리는 것은 불문가지.

그런데도 놈들은 무슨 생각에서인지 달려오는 속도를 더

욱더 높였다.

"와아아아아!"

"모조리 죽여라!"

"한 놈도 남기지 말고 척살하라!"

양쪽에서 내지르는 함성으로 천목산 전체가 쩌렁쩌렁 울렸다.

마침내 양쪽의 선발대가 부딪치기 직전에 이르렀다.

도검과 창칼이 허공에서 뒤섞여 한바탕 백병전이 벌어지나 했는데,

"앗!"

"이런!"

창병들이 단말마를 토해냈다.

삼 장 밖에서 말을 탄 금룡문의 선발대, 즉 용악산과 수하들이 갑자기 허공으로 뛰어올랐기 때문이다.

선두의 창병들은 자신들의 머리 위를 날아가는 커다란 말의 배를 보아야 했다.

지금은 창병들 중에서도 가장 선두의 선발대만이 창을 앞으로 눕힌 상태였다.

그렇지 않으면 자칫 후미의 창병들이 아군인 선발대의 등을 꿰뚫을 수도 있기 때문이었다.

즉, 뒤쪽의 창수들은 돌격창을 아직 눕히지 않은 상태.

용악산 일행의 선발대는 그 창간의 옆을 가격하며 떨어져

내렸다.

말을 타고도 무려 십여 장이나 날아온 것이다.

이건 무인의 능력만으로는 불가능했다.

혈통이 타고난 명마라야 가능한 경지.

그 순간 누군가 외쳤다.

"한혈보마(汗血寶馬)!"

붉은 땀을 피처럼 흘린다는 명마 중의 명마.

용악산 일행은 바로 그 한혈보마를 타고 있었던 것이다.

거기에 상대적으로 비스듬한 산 중턱의 지형도 한몫했다.

어쨌거나 용악산 일행은 창병들의 한복판에 떨어져 내렸다.

그리고는 곧 마상백병전이 펼쳐졌다.

무수한 창과 도검이 허공에서 부딪치고 뒤엉켰다.

선발대로 나온 용악산과 수하들의 숫자는 일백. 그에 비해 철갑기마대의 창병들은 무려 천 명이나 된다.

철갑기마대는 압도적인 숫자를 무기로 용악산 일행을 에워쌌다.

혼전이 벌어지는 와중에도 천여 개의 창들이 일제히 용악산 등이 떨어져 내린 중심을 향해 누웠다.

선두의 창병들이 쓰러지면 뒤를 받치고 있던 창병들이 그 자리를 채웠다.

그리고 점점 공간을 좁혀왔다.

죽림처럼 빽빽하게 채워져 오는 날카로운 돌격창들.

사람의 체력이란 한계가 있는 법.

이대로 시간을 끈다면 용악산 일행은 모두 쓰러질 수밖에 없었다.

그때 변화가 일어났다.

중심으로부터 강력한 회오리바람이 일어나는가 싶더니 푸르스름한 구체가 허공에 두둥실 떴다.

그 구체의 아래에 용악산이 있었다.

불길한 기운을 느낀 창병들이 당황하는 찰나, 구체로부터 폭발이 일어났다.

꽈앙!

엄청난 폭음과 함께 수천 개의 강기가 줄기줄기 쏟아져 나갔다.

펑! 펑! 펑! 펑!

폭발음은 계속해서 들렸다.

첫 번째 폭발음만큼 크지는 않았지만 사람들의 간담을 서늘하게 만들기에 충분했다.

그 폭발음이 창병들의 몸에서 터져 나오는 것이었기 때문이다.

"크아악!"

"으아악!"

여기저기서 참혹한 비명 소리가 울려 퍼졌다.

용악산 일행을 에워쌌던 선두의 창병 백여 명의 가슴에서 구멍이 뚫리고 핏물이 튀어나왔다.

순식간에 말이 울부짖고 창병들이 떨어져 내리는 아수라장이 펼쳐졌다.

하지만 그게 끝이 아니었다.

용악산의 주변에 있던 그의 수하들이 전방을 향해 폭주했기 때문이다.

"끼럇!"

"죽어라, 이놈들!"

"삼조 놈들보다 보다 적게 죽이는 놈들은 가만두지 않겠다!"

"무슨 소리! 삼조가 가장 많이 죽여야 한다. 이조 놈들의 코를 납작하게 만들어주자!"

앞뒤가 맞지 않고 긴장감도 없는 헛소리들이 작렬했다.

하지만 그들의 신위는 놀라운 것이었다.

백여 명이 무섭게 달려가며 닥치는 대로 도검을 휘두르는데 지옥의 사자들이 따로 없었다.

백병전이라면 이골이 난 철갑기마대였지만 이들의 공격엔 속수무책이었다.

파죽지세로 쓰러지며 길이 열렸다.


야저(野猪:멧돼지) 무리를 만난 갈대숲처럼 놈들은 그렇게 쓰러져 갔다.

창병들을 뚫자 이번엔 도수들이 나타났다.

창과 같은 장병은 원거리 싸움에서 빛을 발하지만 백병전과 같은 근접전에서는 도검이 위력을 발휘한다.

특히나 끝으로 갈수록 폭을 넓혀 무겁게 만든 대도는 백병전에서 최고의 무기다.

놈들은 그것에 맞게 특화되었고 하나하나의 도법은 일류를 상회했다.

하지만 용악산을 중심으로 똘똘 뭉친 그의 수하들을 상대하기엔 역부족이었다.

"전속력으로 달린다!"

용악산의 외침에 거대한 함성과 함께 그의 수하들이 질주했다.


부상자를 태운 석 대의 마차는 용악산이 열어준 길을 따라 달리고 있었다.

표자룡은 마차의 왼쪽 날개를 맡았다.

무수한 돌격창이 허공을 가르고 베어왔다.

표자룡은 그 창날 사이를 종횡무진하며 적들의 허리를 잘랐다.

처음엔 중검을 들고 쾌를 추구했지만 이제는 쾌검에 중검의 묘리가 실렸다.

천하에 자르지 못할 것이 없을 것만 같은 이 벅찬 느낌.

표자룡은 철갑기마대의 말 하나를 탈취한 다음 마차 석 대의 주변을 오가며 무서운 무위를 선보였다.

그제야 적들도 표자룡의 무공이 범상치 않음을 알았다.

공격해 오던 횟수에 간극이 생기고 그만큼 공간이 만들어졌다.

표자룡에 버금가는 도법을 보이는 또 한 명의 고수가 있었다.

그녀는 은서령이었다.

쓰캉!

"크아악!"

"으아악!"

초승달처럼 휘어진 곡도가 허공을 가를 때마다 곳곳에서 고통에 찬 절규가 터져 나왔다.

'사매가 언제 저렇게 강해졌지?

혼전 중에도 표자룡은 은서령의 도법에 탄복하고 있었다.

마냥 아이인 줄만 알았더니 어느새 훌륭한 무인이 되어 한몫을 단단히 하고 있었던 것이다.

게다가 상황을 보는 눈까지 좋아졌다.

급기야 표자룡에게 이렇게까지 말을 했다.

"표 사형, 제 뒤를 봐주세요. 앞쪽의 예봉을 꺾어볼게요."

"자신있어?"

은서령은 대답 대신 눈을 찡긋해 보였다.

"좋아!"

두 사람은 혼연일체가 되어 왼쪽 날개를 완벽히 장악했다.

쾌검과 쾌도의 조합이었다.

반면에 오른쪽 날개에서는 둔기가 맹위를 떨치고 있었다.

채홍만이었다.

육 척에 이르는 대초자곤은 인정사정 보지 않고 놈들을 휘갈겼다.

채홍만의 키가 워낙 크다 보니 말을 가격할 필요도 없었다.

정확히 급소를 가격할 필요도 없었다.

맞는 족족 머리가 부서지고 가슴이 꺼지며 허리가 부러졌다.

텅! 텅! 텅!

철갑기마대의 강철 갑옷도 채홍만의 무지막지한 대초자곤 앞에는 아무 소용이 없었다.

곁에서 싸우던 하풍달은 채홍만이 두렵기까지 했다.

'우우, 저 녀석이 내 사제라는 것이 천만다행이다.'

한참을 싸우던 하풍달은 뭔가 허전함을 느꼈다.

지금쯤 입에 게거품을 물고 적들을 향해 육시랄 놈이니, 찢어 죽일 놈이니 하는 저주를 퍼부어야 할 공춘보가 보이질 않았던 것이다.

'이 인간이 또 어디로 내뺀 거지?'

하풍달은 재빨리 사방을 둘러보았다.

아무리 봐도 공춘보는 없었다.

적들의 창에 목이 떨어진 것도 아니었다.

그 인간은 어디에 풀어놔도 살아남을 인간이다.

그 순간 하풍달은 강렬한 살기를 느끼고 고개를 돌렸다.

잠깐 한눈판 사이에 코앞에서 시커먼 말 한 마리가 앞발을 들고 있었다.

앞발은 문제가 아니었다.

정작 위험한 것은 그 말에 타고 있는 창병.

허공으로 한껏 당겨진 창날이 정확히 하풍달의 가슴을 향하고 있었다.

“이런 젠장!”

황급히 칼을 올려쳐서 일단 떨어지는 창을 막았다.

동시에 자신의 절기인 금나수를 펼쳐 놈의 창을 빼앗았다.

눈 깜짝할 사이에 창을 빼앗긴 철갑기마대는 황당한 얼굴을 했다.

그도 그럴 것이, 딱히 힘을 쓰지도 않은 것 같은데 순식간에 창이 자신의 손을 떠나 적의 수중으로 넘어가 있었기 때문이다.

“네놈이 금나수의 오묘함을 어찌 알겠냐!”

퍼벅퍽!

창을 빼앗은 하풍달의 양손이 철갑기마대의 얼굴을 사정

없이 두들겼다.

놈이 말에서 떨어지자 하풍달은 재빨리 안장에 올라탔다.

높은 곳에서 다시 사방을 둘러보니 저만치 큼지막한 엉덩이 하나가 꽁지가 빠져라 숲으로 도망가고 있는 게 보였다.

공춘보였다.

그 뒤를 대여섯 명의 철갑기마대가 쫓고 있었다.

"저, 저런 배신자 같으니라고!"

하풍달은 공춘보를 구해주기 위해 말 머리를 돌렸다.

그때 용악산의 외침이 들려왔다.

"전속력으로 달린다!"

상황이 시시각각으로 급변하고 있었다.

어느새 선발대인 용악산이 창병들을 지나 도수들을 도륙하며 돌진하고 있었던 것이다.

앞선 창병들과는 비교도 할 수 없었다.

단병의 공능을 아는 자들이 훨씬 빠르고 패도적인 기세로 마차를 향해 돌격하고 있었다.

"에잇, 죽든지 말든지!"

하풍달은 다시 말 머리를 돌려 적들을 향해 돌진했다.

*　　　*　　　*

숲으로 숨어든 공춘보는 소로로 길을 잡았다.

옛날 장원에 살 때부터 하풍달과 함께 오르내리던 길이었
다.

경사가 급하고 나뭇가지가 무성한 숲에서는 제아무리 무
적의 철갑기마대라고 해도 말에서 내리지 않을 수 없었다.

공춘보를 따라 숲으로 들어온 놈들은 모두 다섯 명.

모두가 돌격창을 들고 있었다.

"요 생쥐 같은 놈!"

"헛!"

욕지거리가 들린다 싶더니 적들은 순식간에 공춘보를 에
워쌌다.

"네놈이 던진 화탄에 내 동료 다섯이 타 죽었다!"

"네놈의 사지를 갈가리 찢어 동료들의 영혼을 달래리라!"

저마다 무서운 소리를 해대며 공춘보를 공격했다.

다섯 개의 창날이 나뭇가지 사이로 짓쳐들었다.

공춘보는 슬쩍 옆으로 피하는 한편 한 놈의 사타구니를 냅
다 걸어찼다.

"죽어랏!"

"커헉!"

한 명이 사타구니를 잡고 뒹구는 사이 네 명이 창의 방향을
바꿔 찔러왔다.

공춘보는 일부러 나무가 우거진 곳으로만 피해 다녔다.

십 척이 넘는 돌격창은 숲에서 무용지물이나 마찬가지였다.

창의 위력은 대단했지만 고목을 은신처 삼아 요리조리 다
람쥐처럼 피하는 공춘보를 잡기엔 역부족이었다.

공춘보는 지리의 이점을 십분 활용했다.

놈들이 창을 찌르는 순간 잽싸게 안쪽을 파고들어 주먹으
로 머리를 후려 갈겼다.

“쇠 대가리, 함 죽어봐랏!”

놈들은 강철 투구를 쓰고 있었지만 깨뜨릴 자신이 있었다.

풍산벽을 대성한 자신이 아니던가.

그런데,

터엉!

“뜨압!”

쇳덩이를 후려친 것처럼 손목이 얼얼했다.

‘이, 이게 어떻게 된 거지? 분명 바위를 산산조각 낸 주먹
이었는데?

공춘보에게 주먹을 맞은 놈은 잠시 휘청거리더니 중심을
잡았다.

투구가 깨지지는 않았지만 아래로 푹 함몰되었다.

그는 얼굴이 시뻘게지더니 괴성과 함께 닥치는 대로 창을
찔러댔다.

“으아아악! 개자식! 죽어라, 죽어!”

콰직! 콰지직!

놈의 창날이 고목을 뚫고 공춘보의 목을 아슬아슬하게 스

처 갔다.

공춘보는 소름이 쫙 돋았다.

지리의 이점을 이용해 용케 피하기는 했지만 과연 만만하게 볼 놈들이 아니었다.

우선은 여길 빠져나가야 했다.

제아무리 창수에게 불리한 곳이라도 해도 계속해서 공방을 벌이다간 눈먼 창에 아랫배를 꿰뚫릴지도 모른다.

하지만 놈들이 사방의 도주로를 막고 있어 도무지 활로가 보이질 않았다.

그러는 와중에도 놈들은 날카로운 창을 앞세워 공춘보를 점점 압박해 왔다.

그때 공춘보의 머릿속에 좋은 생각이 떠올랐다.

'싸움이 꼭 무공일 필요는 없지.'

"오냐, 내 너희들 모두를 죽일 수는 없지만 한 놈은 꼭 저승으로 데려가야겠다. 같이 죽자. 으아아아!"

공춘보는 미친 척 광소를 내지르며 가장 만만해 보이는 놈을 향해 달려들었다.

콧구멍까지 벌름거리며 달려드는 공춘보의 모습에서 광기를 보았나 보다.

하지만 저런 놈과 함께 죽기는 싫다는 듯 상대는 창날을 세우고 자세를 낮췄다.

그대로 심장을 꿰뚫어 버릴 기세.

그 순간 허공으로 숫구친 공춘보가 놈의 얼굴을 향해 가래
침을 뱉었다.
"카악, 퉤!"
그건 찰나의 순간이었다.
가래침을 피하기 위해 고개를 비트는 순간 창끝에 허점이
생겼다.
공춘보는 칼로 창간을 후려치는 동시에 놈의 면상에 정통
으로 주먹을 한 방 먹였다.
퍼억!
둔탁한 소리와 함께 쓰러진 놈이 비명을 질렀다.
그 틈을 타 공춘보는 삼십육계 줄행랑을 놓았다.
"후레자식들아, 내가 겨우 네놈들에게 잡힐 것 같으냐. 나
공춘보야!"

놈들은 끈질겼다.
공춘보가 달려온 숲길을 어떻게 알고 귀신같이 쫓아왔다.
이대로 가다간 아예 옛 장원으로 안내를 하게 될 판.
공춘보는 놈들과 부딪치는 대신 떨어뜨려 놓기로 했다.
약이 바짝 올라있는 저놈들과 굳이 부딪쳐서 위험을 감수
할 필요는 없었다.
공춘보는 다람쥐처럼 골짜기를 오르내리면서 이쪽저쪽으
로 돌아다녔다.

그렇게 돌아다니기를 반 시진.

'철갑에 완전무장까지 갖추었으니 지금쯤 다리가 후덜후덜 떨리겠지? 큭큭큭.'

어디선가 길을 잃고 헤맬 놈들을 생각하니 속이 후련했다.

하지만 놈들은 결국 자신의 흔적을 찾게 될 것이다.

그때까지 남은 시간은 일다경 정도?

공춘보는 서둘러 옛 장원으로 달려갔다.


그동안 사부와 사매가 자주 오가면서 관리를 해서인지 장원은 옛날 그대로였다.

공춘보는 문득 이곳에서 지내던 옛날이 생각났다.

사부에게 혼나던 일, 은서령에게 골탕을 먹이던 일, 대사형에게 혼이나 호보를 하던 일 등이 주마등처럼 스쳐 갔다.

'이곳도 이제 무사하지 못하겠지.'

최악의 경우 불을 지를지도 몰랐다.

놈들이 요동에서 이곳까지 오는 동안 보인 행적을 보면 그러고도 남았다.

대사형도 그걸 염려해서 자신을 보낸 게 아닐까?

언제까지고 상념에 젖어 있을 수는 없었다.

저만치 천목산 중턱에서 들리던 함성 소리가 지금은 산기슭까지 내려와 있었다.

대사형과 함께 싸우겠다고 달려온 강호의 손님들이 선전

하고 있는 것이다.

문을 열고 들어간 공춘보는 서둘러 별원으로 향했다.

별원에는 기문진이 펼쳐져 있었지만 공춘보에게는 문제되지 않았다.

이미 은서령과 사부님이 어떻게 통과하는지 수십 번도 더 훔쳐보았기 때문이다.

정원은 지금 온통 꽃이 만발해 있었다.

바깥은 피가 튀는 지옥인데 이곳엔 꽃이 만발하니 그 부조화가 낯설었다.

저만치 그늘진 곳에 부끄러운 듯 숨어 있는 월견초가 보였다.

공춘보는 허리춤에서 칼을 쑥 뽑아 월견초 한 포기를 조심스럽게 캐기 시작했다.

화초에 대한 지식이 없으니 잔뿌리 하나 상하게 하지 않으려고 무척 애를 썼다.

그 바람에 상당히 시간이 지체되었다.

마침내 잔뿌리에 흙 알갱이가 감자처럼 주렁주렁 달린 월견초를 캔 공춘보는 곧 난감한 상황에 빠졌다.

월견초를 담아갈 화분을 가져오지 않은 것이다.

장원으로 들어가 보면 마땅한 물건을 구할 수도 있겠지만 그러면 더욱 시간이 지체될 게 분명했다.

"에잇, 내가 언제 젓가락이 없다고 고기를 못 먹었냐. 나

공춘보다, 이거야."

공춘보는 웃통을 훌렁훌렁 벗어젖혔다.

더운 여름이라 거친 갈의로 만든 상의 한 겹만 입고 있었더니 금방 맨몸이 드러났다.

그런 다음엔 상의에 월견초를 놓고 끝에서부터 돌돌 말아 마무리한 다음 양 소매로 허리에 단단히 묶었다.

볼일을 끝낸 공춘보가 별원을 막 벗어나려는 순간.

"헉!"

공춘보 앞을 막아선 것은 일곱 마리의 커다란 늑대들이었다.

한눈에 보기에도 사나워 보이는 늑대들.

"제기랄, 이 바쁜 와중에 웬 늑대들이야!"

공춘보가 칼을 고쳐 잡고 여차하면 벨 기세였다.

그런데 그중 한 놈이 꼬리를 살랑살랑 흔들며 다가오더니 공춘보의 앞에 납작 엎드려 혀를 할딱거리는 것이 아닌가.

그러자 다른 놈들도 저마다 공춘보에게 달려들어 발을 빨고 난리다.

"이, 이것들이 미쳤나!"

황당한 공춘보가 이러지도 저러지도 못하고 있는데, 그중 한 놈의 생김새가 유독 낯이 익었다.

"가만, 저 놈은 어디서 많이 봤는데… 어디서 봤더라. 이상하게 신발을 던지고 싶게 생긴… 헉!"

그제야 공춘보는 이 늑대들의 정체를 알았다.

이들은 죽은 누렁이의 새끼들이었다.

원래 천목산 꼭대기로 장원을 옮겨 간 뒤에도 공춘보는 누렁이의 새끼들을 먹여 키웠다.

그러다 하남의 무림맹을 다녀오고 난 뒤 누렁이의 새끼들이 집단 가출을 해버렸었다.

그 후 며칠 동안 찾아보았지만 찾을 수 없어 포기하고 있었는데 이제 보니 이곳에서 살고 있었나 보다.

그사이 덩치는 예전의 제 어미보다 훨씬 커져 있었다.

한데 밥을 주는 사람도 없는 데서 어떻게 살았을까.

공춘보는 누렁이 새끼들의 생김새에 생각이 미쳤다.

"알고 보니 누렁이가 늑대였었구나. 어쩐지 생김새가 범상치 않더라니."

비쩍 마른 몰골에 피부병까지 걸려 털이 숭숭 빠지는 바람에 그때는 미처 몰랐었나 보다.

결국 누렁이의 새끼들은 이곳 장원을 거점으로 인근 천목산에서 사냥을 하며 살았던 것이다.

공춘보는 한차례 누렁이의 새끼들을 쓰다듬어 준 후 말했다.

"나도 다시 만나서 반갑다만, 지금은 너희들과 놀아줄 시간이 없구나. 다음에 형편이 좋으면 꼭 너희들을 만나러 올게."

공춘보는 차마 떨어지지 않는 발걸음을 옮겼다.

공춘보는 순식간에 장원으로 달려간 다음 담을 넘기 위해 땅을 박찼다.

놈들이 정문을 지키고 있을지도 모르는 상황을 염두에 둔 것이다.

'후훗, 아무래도 난 천재인 것 같아.'

스스로 생각하기에도 대견했다.

그런데 막 담장을 넘는 순간 다섯 개의 시커먼 그림자가 맞은편에서 솟구쳐 올라왔다.

철갑기마대였다.

"이놈!"

"뜨헙!"

화들짝 놀란 공춘보는 황급히 담벼락을 박차며 뒤로 공중제비를 돌았다.

놈들이 내지른 장창이 양쪽 겨드랑이를 아슬아슬하게 스치고 지나갔다.

그 바람에 공춘보는 보법을 제대로 펼치지 못하고 땅바닥을 굴렀다.

미처 일어나기도 전에 놈들의 두 번째 공격이 시작되었다.

다섯 놈이 번갈아 창을 찍어대기 시작한 것이다.

퍽! 퍽! 퍽! 퍽!

사방에서 빗발치는 창날에 공춘보는 정신이 다 아득했다.

얼마나 다급했는지 나려타곤을 펼칠 틈도 없었다.

흙이 얼굴에 묻는 줄도 모르고 이쪽저쪽으로 사정없이 굴러다녔다.

"놈, 벌레처럼 잘도 구어다이는구나!"

한 놈이 말을 했다.

한데 말투가 이상했다.

공춘보는 뭐 이런 놈이 있나 싶어 굴러다니는 와중에도 힐끗 고개를 들어 놈을 보았다.

코는 주저앉아 두 개의 콧구멍만 뻥 뚫려 있고 반대로 눈알은 툭 튀어나온 괴상한 얼굴이었다.

게다가 이빨이 하나도 남아 있지 않았는데 말투가 어눌한 것은 그 때문인 듯했다.

그제야 공춘보는 놈이 자신의 주먹에 면상을 정통으로 맞은 바로 그놈이라는 걸 알아차렸다.

그 정도면 죽었어야 하는데 용케도 살아 있다니.

'으으, 질긴 놈!'

그 순간 놈이 훌쩍 뛰어오르더니 공춘보가 굴러가는 앞쪽으로 내려섰다.

그는 순식간에 퇴로를 막아선 다음 창을 한껏 치켜들었다.

그 모습이 꼭 물고기를 잡으려는 작살꾼 같았다.

이렇게 되니 네 명이 공춘보를 한곳으로 몰아가고 나머지 하나는 그 막다른 곳에서 기다리는 형국이 되었다.

"정정당당하게 싸우자, 정정당당하게!"

공춘보가 필사적으로 소리쳤다.

"네옴이 그언 마을 할 자역이 이으냐?"

"무인이면 무인답게 정정당당히 겨루자고. 앙!"

"미힌놈! 네옴에겐 이런 굿도 아까다!"

"에잇, 젠장. 뭐라고 하는지 알 수가 있어야지!"

말 몇 번을 섞는 와중에 공춘보는 두 다리를 허공으로 박차며 그 반동으로 몸을 솟구쳤다.

하지만 그 순간 기다란 창날 하나가 무서운 속도로 찔러오며 공춘보는 다시 땅을 굴렀다.

사방에서 찍어대는 창 때문에 머리가 하얗게 탈색되는 것 같았다.

그때마다 구르고, 웅크리고, 뒤집으면서 용케도 피했지만 언제까지 운을 바랄 수는 없었다.

'젠장, 몸만 일으켜도 어떻게 해볼 수 있을 것 같은데!'

그러다 마침내 최후의 일격이 날아왔다.

자신의 두 눈을 향해 무섭게 쏘아져 오는 한 점.

안면이 함몰된 놈의 창이었다.

공춘보는 이것이 생의 마지막 순간이라는 것을 본능적으로 느꼈다.

"으아아아아! 살려주세요!"

죽음이 임박한 순간에 터져 나온 괴성.

그 순간.

"커엉! 커엉! 커엉!"

갑자기 우렁찬 소리와 함께 일곱 마리의 늑대들이 놈들을 향해 달려들었다.

누렁이의 새끼들이었다.

갑작스런 늑대들의 등장에 네 명의 적들은 당황했다.

진법이 흐트러지고 중심을 잃더니 공춘보를 버려두고 늑대들을 상대하기에 바빴다.

그 틈을 타 공춘보는 벌떡 몸을 일으켰다.

가까스로 위기를 모면했지만 상황은 썩 좋질 않았다.

누렁이의 새끼들이 제아무리 늑대의 피를 타고 났다고는 하지만 백전을 치른 철갑기마대를 당해낼 수는 없었다.

"커엉!"

허공으로 숏구친 늑대 한 마리가 창에 배를 관통당했다.

"안 돼!"

공춘보는 이성을 잃었다.

도주를 해도 모자랄 판에 자신의 몸을 돌보지 않고 무작정 창을 찌른 놈을 향해 덤벼들었다.

파앙! 퍼퍼퍼퍽!

풍천장!

사부로부터 가장 중점적으로 배운 무공.

공춘보의 두 손이 질풍처럼 놈의 가슴과 허리를 격타했다.

순식간에 놈이 피를 토하며 쓰러졌다.

뼈가 부서지고 내장이 조각조각 났을 것이다.

놈을 죽인 공춘보는 쓰러져 있는 늑대를 살폈다.

틀렸다.

가슴에서는 피가 콸콸 쏟아졌고 숨은 점차 잦아들고 있었다.

공춘보를 바라보는 눈망울이 티 없이 맑았다.

"이 개자식들! 모두 죽여 버리겠다!"

이성을 잃은 공춘보의 눈이 뒤집어졌다.

도주를 해도 모자를 판에 그는 앞뒤 가리지 않고 놈들을 향해 뛰어들었다.

그리고 또 한 놈의 복부에 묵직한 주먹을 꽂아넣었다.

'컥' 하는 단말마와 함께 놈이 고꾸라졌다.

고꾸라지는 그의 등 뒤로 살가죽이 터져 나왔다.

격산타우!

산을 쳐서 맞은편의 소를 쓰러뜨린다는 수법이다.

공춘보의 풍천장이 이미 벽공(劈空)의 경지에 달했음을 말해주었다.

하지만 지금 이 순간 공춘보는 치명적인 실수를 범하고 있었다.

생사결을 펼치는 동안 이성을 잃는 것은 무인으로서 가장 경계해야 할 감정.

백전을 치른 철갑기마대는 침착하게 남은 늑대들의 공격을 막는 한편 공춘보를 둘러쌌다.

주고받는 공방 속에 공춘보는 점점 위험에 노출되었다.

그 순간 어디선가 낯익은 목소리가 들려왔다.

"나도 있다, 이놈들아!"

하풍달이었다.

쓰캉!

하풍달이 휘두른 칼에 공춘보를 향해 일격을 가하던 놈의 목이 떨어졌다.

그때쯤 공춘보는 옆에 있던 또 다른 놈의 옆구리를 찔렀다.

순식간에 네 명의 철갑기마대가 죽었다.

한데 다섯 번째 놈이 문제였다.

동료들의 죽음으로 시간을 버는 사이 놈은 어느새 하풍달의 등 뒤로 창으로 찌르고 있었다.

공춘보는 미처 몸을 일으킬 사이도 없이 측각으로 놈의 발목을 찼다.

뚜뚝!

뼈가 부러지는 소리와 함께 놈이 몸체가 한순간 허공에 뜨면서 옆으로 고꾸라졌다.

벌떡 몸을 일으킨 공춘보는 곧장 허공으로 솟구쳤다.

동시에 불끈 쥔 두 주먹과 함께 놈의 얼굴로 떨어졌다.

퍼억!

찰진 소리와 함께 놈의 안면에 공춘보의 주먹이 박혔다.

마침내 다섯의 철갑기마대가 모두 죽은 것이다.

놈들의 시체를 뒤로하고 공춘보는 쓰러져 있는 늑대에게로 다갔다.

그사이 늑대는 이미 숨을 거두고 난 후였다.

그걸 아는지 모르는지 다른 늑대들이 죽은 늑대의 상처를 핥아주고 있었다.

"여기서 뭐하는 거요? 이것들은 또 뭐고."

하풍달이 물었다.

"누렁이의 새끼들이다."

"예? 이, 이것들은 개가 아닌데."

"다른 사람들은 어떻게 됐냐?"

"천목산을 지나 항주 시내를 관통하고 있소. 빨리 갑시다. 한 명이 아쉬운 판국이오."

공춘보는 다시 죽은 늑대를 향해 말했다.

"미안하구나. 지금은 내가 경황이 없어 너를 묻어줄 수가 없다. 하지만 언젠가 꼭 다시 찾아오마."

그 말을 끝으로 두 사람은 몸을 날렸다.

*     *     *

석 대의 마차가 철갑으로 무장한 이천여 명의 기마대를 뚫고 돌진하는 모습은 고금에 다시 볼 수 없는 진풍경이었다.

그것은 마치 위태로워 보일 정도로 작은 세 척의 조각배가 바다의 거친 파도를 가르며 지나가는 것과도 같았다.

절대 불가능할 것 같은 그 일을 가능하게 만든 사람들은 물론 용악산과 그의 수하들이었다.

하나 어쩐 일인지 장산벽이나 궁마왕은 모습을 드러내지 않았다.

그것이 외려 용악산의 마음을 불안하게 만들고 있었다.

이제 북망동이 멀지 않은 상태였다.

그 무렵 우려했던 일이 벌어졌다.

좁은 골목길에서 험악한 인상의 사내들이 하나둘씩 모습을 드러내더니 어느새 대로를 꽉 메운 것이다.

일견하기에도 위험한 분위기를 폴폴 풍기는 자들.

멸천대였다.

철갑기마대와 혼전을 벌이는 중에도 보이질 않더니 여기서 기다리고 있었던 것이다.

철갑기마대가 약한 것은 아니지만 멸천대는 그들과 질적으로 다르다.

하나하나가 절정의 무공을 익힌 백병전의 강자들.

그 한가운데는 장산벽이 서 있었다.

"와아아아!"

멸천대가 나타나자 후미에서 치고 오던 철갑기마대가 함성을 질렀다.

줄곧 당하기만 하던 그들이 강력한 응원군의 등장에 사기가 충천한 것이다.

용악산과 장산벽의 시선이 한동안 허공에서 교차했다.

멸천대와 용악산의 수하들.

언젠가 한 번쯤은 부딪칠 걸 알고 있었다.

이번에야말로 사생결단을 내야 할 듯싶었다.

싸움은 이미 중지된 상태였다.

장산벽이라는 위험스런 존재가 등장하는 순간 사람들은 새로운 형태의 전투가 벌어질 것을 알고 각자 그것을 준비하기 위해 한 걸음 물러난 것이다.

第九章
궁마왕(弓魔王)의 화살

天山刀客

행렬의 뒤쪽에서는 은도천이 전투가 잠시 소강상태인 상
황을 틈타 제자들의 안위를 살폈다.

처음 서른 명이었던 부상자는 이제 세 배로 늘어나 있었다.

사실상 모두가 부상을 입은 것이나 다름없는 상황.

"모두들 괜찮느냐?"

여기저기서 괜찮다는 대답이 나왔지만 목소리는 전혀 그
렇지 않았다.

그나마 다행인 것은 아직까지는 죽은 자가 나오지 않았다
는 점이다.

그건 치명적인 부상자가 생길 때마다 은도천이 서둘러 마

차에 태웠기 때문이다.

덕분에 마차에 탄 사람들은 처음 출발할 때보다 두 배나 많아져 있었다.

그건 그만큼 싸울 수 있는 사람이 줄어들었다는 것도 의미했다.

하지만 잃는 것보다 얻는 것이 많았다.

금룡문의 제자들은 사문이 절대 자신을 버리지 않을 거라는 믿음을 갖게 됐다.

단 한 명의 낙오자도 버리지 않고 함께 데려가겠다던 용악산의 말이 철저히 지켜졌던 것이다.

그 신뢰를 바탕으로 금룡문의 제자들은 용감무쌍하게 싸울 수 있었다.

무공이나 사기보다 중요한 건 문도들의 결속력이다.

그것이 적은 병력과 약한 무공으로도 아직까지 살아남을 수 있었던 이유다.

"걸을 수 있는 자를 제외하고 나머지는 모두 마차에 태워라!"

사람들이 바쁘게 새로운 부상자들을 마차에 태웠다.

그때 은도천의 눈에 은서령과 표자룡이 들어왔다.

은서령은 자신의 소매를 부욱 찢어 표자룡의 두 눈을 칭칭 감아주고 있었다.

"어떠냐?"

은도천이 다가가 은서령에게 물었다.

"괜찮아요. 빨리 치료하면 시력도 돌아오실 거예요."

대답과 달리 그녀의 얼굴엔 걱정이 가득했다.

한 시진 전의 일이었다.

혼전 중에 일대제자 중 한 명이 적들에게 포위를 당했다.

은서령이 그를 구하기 위해 위험을 무릅쓰고 뛰어들었다.

겨우 일대제자를 구하긴 했지만 이제는 은서령이 적진에 홀로 고립되었다.

그 순간 표자룡이 뛰어들었고 무려 아홉 명의 철갑기마대를 눈 깜짝할 사이에 쓰러뜨리고 은서령을 구출해 왔다.

모두가 표자룡의 신위에 함성을 지르는 순간 어디선가 강맹한 화살 하나가 날아와 표자룡의 등에 꽂혔다.

은형전(隱形箭).

눈으로는 볼 수 없고, 소리를 느꼈을 때는 이미 화살에 맞은 직후라는 전설의 강전.

어디선가 궁마왕이 쏜 것이 틀림없었다.

위기는 계속해서 찾아왔다.

고꾸라지는 표자룡의 두 다리를 누군가 연달아 두 번이나 창으로 찔렀다.

표자룡이 그 창을 검으로 쳐냈을 때는 또 다른 누군가가 칼로 그의 얼굴을 그었다.

아슬아슬하게 피했지만 날카로운 칼이 눈을 긋는 것만큼

은 피할 수 없었다.

그때 채홍만과 은도천이 함께 뛰어들어 겨우 표자룡을 구할 수 있었다.

표자룡의 부상은 심각했다.

화살과 창, 모두 그의 목숨을 거두지는 못했지만 더 이상 싸울 수가 없게 된 상황이었다.

특히 칼에 상처 입은 눈동자에선 여전히 피가 흘러내렸다.

은서령이 옷을 찢어 두 눈을 감아주자 천이 순식간에 붉게 물들었다.

뜨뜻한 핏물이 느껴질 텐데도 표자룡은 의연한 자세를 잃지 않았다.

"사매, 왜 진격이 멈춘 거지?"

"별일 아니에요."

"멸천대가 나타났군. 그렇지?"

"네, 장산벽이 멸천대를 이끌고 대로를 막아섰어요."

"대사형을 믿지?"

"그럼요. 믿어요."

"그럼 됐어."

말을 하는 은서령의 눈에서는 닭똥 같은 눈물이 뚝뚝 떨어지고 있었다.

은도천이 한 걸음 더 다가가 표자룡에게 물었다.

"견딜 만하느냐?"

“죄송합니다. 못난 꼴을 보여서…….”

“네가 서령이를 두 번이나 구했구나.”

어째서 두 번일까.

오래전 표자룡은 은서령을 암살하기 위해 자객으로 왔었다.

그때 헐벗고 굶주린 고아 소년들을 돌보는 은서령과 은도천의 마음에 감복하여 제자가 되었다.

그 후로 표자룡은 그가 속했던 살문으로부터 혹독한 대가를 치렀다.

은도천은 지금 그때 애기를 하고 있었다.

한 번도 언급한 적이 없었지만 역시 사부는 알고 있었던 것이다.

“제자를 용서해 주십시오.”

표자룡은 처음으로 그 일에 대해 사과했다.

말을 하는 그의 목소리가 가늘게 떨리고 있었다.

“네가 나를 찾아와 제자 되기를 청했을 때 난 이미 용서를 했느니라.”

“사부님.”

표자룡의 두 눈을 감은 천에 베어든 핏물이 한순간 묽어졌다.

눈물이 피를 희석시킨 것이다.

“여기서 북망동이 보이는구나. 조금만 견디거라. 파랑이가 꼭 너희들을 지켜줄 것이다.”

표자룡이 고개를 끄덕였다.

그때 이대제자 서광택이 다가와 은도천의 눈치를 보았다.

무언가 할 말이 있는 것 같은데 표자룡과 은서령의 눈치를 보는 것이었다.

“괜찮다. 말을 하거라.”

서광택은 주변을 둘러보고 세 사람 외에는 아무도 없는 것을 확인한 다음 작은 소리로 말했다.

“세 번째 마차의 바퀴가 이상합니다.”

“어떻게 이상하다는 거냐?”

“마차의 무게를 지탱하는 살대 세 개에 금이 갔습니다. 요행히 붙어 있기는 하지만 사실상 부러진 것이나 다름없습니다.”

“어찌하여……!”

“혼전 중에 적의 돌격창 하나가 마차 아래로 들어갔는데 그때 바퀴에 끼었던 모양입니다.”

“이런, 수리는 할 수 있고?”

“다른 살대를 뽑아다 박으면 수리는 가능합니다만 시간이 좀 걸릴 것 같습니다.”

“얼마나 걸리겠느냐?”

“아무리 적게 잡아도 일다경은 걸릴 것 같습니다.”

“이런…….”

은도천의 하얀 수염이 바르르 떨렸다.

항주의 대로 한가운데서 일다경이나 놈들이 기다려 줄 리가 없었다.

지금도 앞에서는 용악산과 손님들이 금방이라도 멸천대와 부딪칠 것처럼 으르렁거리고 있었다.

"세 번째 마차에 타고 있는 부상자가 얼마나 되느냐?"

"아홉 명이 타고 있습니다."

"부상 정도는?"

"혼자서는 운신이 불가능할 정도의 중상자들입니다."

"다른 마차에 옮겨 태우는 건 어때요?"

은서령이 옆에서 물었다.

"다른 마차도 이미 만원이라 견디지 못할 겁니다."

서광택이 말했다.

"휴우, 진퇴양난이로군요."

"얼마나 버틸 수 있을 것 같으냐?"

"장담하기 어렵습니다. 출발하는 동시에 부러질 수도 있고, 아니면… 백여 장 정도는 버틸 수도 있고."

백여 장이면 북망동의 초입이다.

그때까지만 버텨준다면 정말 다행이지만 만에 하나 중간에 바퀴가 주저앉는다면 큰일이다.

아홉 명을 부축하기 위해 다른 아홉 명이 달려들어야 하고, 또 그들을 호위하기 위해 두 배나 많은 숫자가 달라붙어야 한다.

그럼에도 불구하고 속도는 현저히 떨어질 것이다.

그렇다면 무서운 속도로 질주하는 용악산의 뒤를 따라잡지 못한다.

지금과 같은 싸움은 속도가 생명을 좌우한다.

백 명과 싸울 걸 천 명과 싸우게 되는 것이다.

부상자도 비례해서 속출할 건 자명한 일.

은도천의 시름이 점점 깊어졌다.

"대사형께 말씀드려 속도를 조금 늦추라고 해야 하지 않을까요? 손님들 중에 마차를 잘 아는 분들이 있으니 그분들께 부탁해 수리도 하고."

은서령이 조심스럽게 물었다.

은도천은 앞쪽을 잠시 돌아보고는 말했다.

"아니다. 이런 일로 파랑이의 정신을 분산시켜선 안 된다."

은도천은 생각에 잠겼다.

한시가 다급한 형국에 오래 생각할 겨를도 없었다.

어떤 식으로든 결론을 내야 했다.

"어떻게 할까요? 임시방편으로라도 살대를 묶어둘까요?"

서광택이 재차 물었다.

"아니다."

"하지만……."

"손을 보면 놈들이 마차가 고장 난 것을 알 것이다. 그렇게
되면 그 마차만 집중적으로 공격을 할 거야. 우리 쪽에서는
늑대를 피하려다 호랑이를 만난 격이 될 거야."

"하면?"

"서령아."

"예, 아버지?"

"이제부턴 네가 앞쪽에서 마차와 제자들을 이끈다."

"제, 제가요?"

은도천은 은서령의 양어깨에 두 손을 얹더니 비장한 얼굴
로 말했다.

"너는 이 은도천의 딸이자 금룡문의 일대제자다. 항상 이
대제자들 앞에서 당황하거나 약한 모습을 보이지 말거라."

"아버지는 어쩌시려고요?"

"난 후미에서 세 번째 마차를 호위하며 따르겠다. 만약 무
슨 일이 생기면, 그땐 대사형의 등만 보고 죽을힘을 다해 달
려야 한다. 내 말 알겠느냐?"

"하지만……."

은서령의 눈동자에 눈물이 그렁그렁 맺혔다.

"어허, 벌써 내말을 잊은 것이냐!"

은도천의 지엄한 호통에 은서령은 정신을 차렸다.

그리고는 입술을 꼭 깨물면서 말했다.

"알았어요."

“좋아.”

은도천은 다시 서광택에게 말했다.

“마차에 문제가 생겼다는 걸 다른 제자들에게 알리지 말거라.”

“알겠습니다. 한데 중간에 마차가 고장 나면 어떻게 합니까?”

“내가 어떻게든 시간을 벌어볼 테니 최대한 빠른 시간에 부상자들을 두 번째 마차로 옮긴다.”

정답이라고는 할 수 없는 말.

하지만 유일한 답이었다.

서광택은 무거운 얼굴로 고개를 숙이고는 원래의 자리로 돌아갔다.

은도천은 자신의 보검을 뽑아 든 후 슬그머니 세 번째 마차의 후미로 돌아갔다.

두 번째 마차에 타고 있던 표자룡이 은서령에게 말했다.

“사매, 나를 사부님 곁으로 데려다 줘.”

“표 사형, 그건 안 돼요.”

“내겐 아직 두 팔이 남아 있어.”

“하지만…….”

앞이 보이지 않질 않느냐고 말하려다가 은서령은 참았다.

표자룡은 뼛속까지 무인. 의기를 꺾어버린다면 그는 죽은 것이나 다름없었다.

　결국 은서령은 표자룡을 세 번째 마차에 걸터앉히고는 대신 한 사람을 데려와 두 번째 마차에 태웠다.


　석승을 비롯한 조장들이 말을 몰아 용악산의 주변으로 다가왔다.

　한 무리를 이끄는 수장은 일반 무사들과 달라 사태 전체를 조망해야 한다.

　석승은 이인자로서 그러한 수련을 했고 또 충실히 수행했다.

　용악산의 부재 시 그가 수하들을 이끌어야 하기 때문이다.

　그는 단번에 후미 쪽에 무슨 일이 생겼음을 직감했다.

　"대주."

　그냥 이름만 부르는 것으로 석승은 자신의 의중이 충분히 전달될 것을 알았다.

　석승이 아는 걸 용악산이 모를 리가 없기 때문이다.

　하지만 용악산은 어쩐 일인지 선뜻 대답을 하지 않았다.

　석승이 다시 말했다.

　"제가 조원들을 이끌고 후미를 지원하겠습니다."

　용악산은 사부가 서광택과 나누는 대화를 모두 들었다.

　상황이 어렵게 되었지만 어쩔 수 없었다.

　멸천대는 결코 만만한 상대가 아니다.

　게다가 전투가 재개되면 좌우에서 철갑기마대가 지원을

할 게 틀림없었다.

멸천대 하나만으로도 힘에 부치는데 철갑기마대까지 가세한다면 상황은 더욱 어렵게 된다.

수하들 모두의 전력을 하나로 모아 돌진한다고 해도 저들을 뚫는다는 보장이 없다.

무엇보다 시간이 지체되는 것이 최악이다.

그런 와중에 함부로 사람을 뺄 수가 없었다.

그렇다고 후미를 생각하지 않을 수도 없는 형국이었다.

용악산은 조용히 고개를 돌려 뒤를 돌아보았다.

용악산의 의중을 짐작했음인지 저만치 이십여 장 뒤에서 사부 은도천이 꼭 다문 입술로 조용히 고개를 끄덕였다.

지금 할 수 있는 건 사부를 믿는 것밖에 없었다.

"돌파한다."

"대주!"

"단시간에 전속력으로 돌파하지 않으면 우리는 이곳에서 고립된다. 그땐 정말 돌이킬 수 없다."

"알겠습니다."

석승도 더는 말을 하지 못했다.

그도 상황이 썩 좋질 않다는 걸 알기 때문이었다.

용악산은 말고삐를 움켜쥐더니 뒤를 돌아보며 금룡문의 제자들에게 외쳤다.

"북망동이 멀지 않았다. 모두들 마지막 힘을 내도록."

와아 하는 함성과 함께 금룡문 제자들이 도검을 높이 치켜
들었다.

하지만 싸울 수 있는 사람은 이제 절반 정도로 줄어든 상태
였다.

용악산은 좌우를 돌아보며 조장들에게 말했다.

"뒤를 돌아보지 말고 전속력으로 질주한다."

"복명!"

우렁찬 대답이 동시에 흘러나왔다.

"돌격하라!"

용악산이 칼을 높이 치켜들며 외쳤다.

그의 말이 땅을 박차며 멸천대를 향해 돌진했다.


"상선약수(上善若水)란 말을 아느냐?"

"'최고의 미덕은 물과 같다' 라는 뜻입니다."

"물은 가장 낮은 곳으로 흘러 세상의 모든 더러움을 씻어내지.
제 몸을 더럽혀 수많은 생명들을 살려낸다. 무인의 정신은 이와
같아야 한다. 너는 그 이치를 알겠느냐?"

"세상의 낮은 곳을 보라는 말씀이 아닌지요."

"네가 진정 지켜야 할 가치는 언제나 낮은 곳에 있다. 물처럼
낮게 흘러서야 비로소 볼 수 있는……."


오래전 천산 주봉에서 용악산이 대종사와 나누었던 대화다.

그날은 용악산이 기본공의 수련을 모두 끝내고 처음으로
진검을 잡던 날이었다.

그날 대종사께서 보라고 했던 세상 가장 낮은 곳의 가치는
무엇이었을까.

금룡관을 찾아와 얼마 되지 않았을 때 지금의 사부 은도천
이 해준 말이 생각났다.


"피를 나누지는 않았으나 더 진한 정(情)을 나누었으니 너희들
은 형제다. 앞으로도 누군가 너희들 중 한 사람에게 모욕을 주거
든 다른 사람이 그의 명예를 위해 싸워야 한다. 형제란 그래야 한
다."


대종사께서 지키라고 했던 가치도 그런 것이 아닐까.

거창한 대의명분은 아니지만 이런 가치를 지키는 사람들
이 많아지면 세상은 지금 보다 좀 더 살기 좋은 곳이 되지 않
을까.

중요한 것은 이런 가르침이다.

사부 은도천의 가르침은 계속 이어져야 한다.

그러기 위해선 금룡문을 끝까지 지켜야 한다.

용악산의 대도가 허공을 갈랐다.

꾸르르릉.

천둥소리와 함께 섬광이 번쩍했다.

완벽한 천둥 번개였다.

섬광이 지나간 자리에 땅이 갈라지며 흙덩이가 사방으로 튀어 올랐다.

이런 기세를 맨몸으로 받아낼 수 있는 사람은 없었다.

용악산이 달려가는 방향을 따라 멸천대는 둘로 갈라졌다.

용악산의 수하들이 그 자리를 비집고 들어오면서 길을 넓혔다.

수백 개의 도검이 허공에서 부딪치는 순간이었다.

곳곳에서 쇳소리가 울리고 피가 튀었다.

말과 사람이 한데 뒤섞여 벌이는 백병전은 아비규환이 따로 없었다.

혼전에 혼전이 이어지고 말로만 듣던 지옥도가 펼쳐졌다.

속도는 좀처럼 나지 않았다.

확실히 멸천대는 달랐다.

그들 모두가 모이니 제각각 난전을 벌이는 것 같아도 일정한 흐름이 있었다.

그들은 스스로의 약한 곳을 알았고 시시각각 치고 빠지는 작전을 취했다.

마치 살아 있는 거대한 유기체를 보는 것 같았다.

반면에 용악산의 수하들은 나아가는 방향이 정해졌다.

북망동.

진로를 적들에게 미리 가르쳐 준 상태에서의 싸움은 불리

할 수밖에 없었다.

하지만 석승을 비롯한 조장 급 고수들의 활약이 눈부셨다.

필사의 각오로 거침없이 휘두르는 칼에 적들이 하나둘씩 쓰러지기 시작한 것이다.

용악산은 장산벽과 다시 격돌했다.

벌써 세 번째 승부였다.

꽝! 꽝! 꽝!

두 사람의 주변엔 쉴 새 없이 벼락이 떨어져 내렸다.

가공할 공력과 공력이 부딪친 탓이었다.

그 폭기를 견디지 못한 사람들이 좌우로 물러났다.

"이번엔 절대 보내주지 않겠다!"

장산벽이 호언장담했다.

"너는 결코 나를 막지 못한다."

수차례의 격돌이 있었지만 두 사람은 쉽게 우열을 가리지 못했다.

이런 상황은 용악산에게 불리했다.

무리의 앞에서 적의 저지선을 뚫고 진격해야만 뒤쪽의 사람들이 움직일 수가 있었다.

시간을 끌면 끌수록 금룡문 사람들이 철갑기마대의 공격에 오래 노출될 수밖에 없었다.

하풍달과 공춘보의 부재에 이어 표자룡까지 부상을 당한 상태에서 마차 석 대를 호위하면서 적들과 싸우기란 쉽지 않았다.

그나마 은도천과 은서령이 지휘를 잘해주고 있었다.

사문에 대한 절대적인 신뢰 때문인지 서광택과 이대제자들도 잘 싸워주고 있었다.

그러나 역시 시간을 오래 끌어서 좋을 건 없었다.

용악산은 이쯤에서 모험을 하지 않을 수 없다는 걸 알았다.

'할 수 없지.'

용악산의 신형이 안장을 떠나 갑자기 허공으로 솟구쳤다.

그가 땅으로 내려섰을 때는 두 손바닥 사이에 거대한 구체가 생겨난 상태였다.

강기가 응축된 투명한 구체의 표면을 용암이 흘러가는 듯한 느낌.

하지만 자세히 보니 그것은 두 마리의 화룡(火龍)이었다.

적룡공 최고의 경지!

"번토역수(飜土逆水)!"

땅을 뒤집고 강을 거꾸로 흐르게 한다.

장산벽의 두 눈이 찢어질 듯 커졌다.

"갈!"

대갈일성과 함께 용악산의 두 주먹에서 화룡이 폭출했다.

쿠아아아아!

두 마리의 화룡이 거대한 회오리바람을 일으키며 뻗어나갔다.

장산벽이 가루라염을 펼친 것도 동시였다.

퍼어엉!

심장이 내려앉고 고막이 터지는 듯한 폭발음과 함께 엄청난 강기가 거대한 벽이 되어 사방으로 퍼졌다.

삼십여 장 내에 있던 멸천대가 흡사 폭풍을 만난 잡초처럼 쓰러지고 날려갔다.

땅거죽이 뒤집히고 전각의 지붕이 벽체에서 뜯겨져 하늘로 솟아올랐다.

한차례 먼지 폭풍이 지나가고 난 뒤 나타난 모습은 아비규환이 따로 없었다.

그야말로 초토화가 된 상황!

멸천대 백여 명은 예외없이 여기저기 나뒹굴며 피를 토하고 있었다.

적룡공의 폭기에 심각한 내상을 입은 것이다.

장산벽은 여전히 그 자리에 선 채로 용악산을 바라보고 있었으나 입가에 흐르는 선혈만큼은 어쩔 수 없었다.

"후후, 겨우 이 정도였었나?"

장산벽의 입에서 흘러나오는 하얀 서리.

빙백신공이 또다시 발현되고 있었다.

그건 다른 멸천대들도 마찬가지였다.

정도의 차이는 있을지언정 모두들 빠른 속도로 회복하고 있었다.

어제가 다르고 오늘이 다르다.

저들의 빙백신공이 하루가 다르게 발전하고 있다는 증거
였다.

극성을 이루면 그야말로 불사의 몸이 된다.

하지만 아직은 아니었다.

적어도 얼마 동안은 한 발자국도 움직일 수 없을 것이다.

내장이 가닥가닥 끊어져 죽고 싶지 않다면.

"대주, 괜찮으십니까?"

석승이 황급히 달려와 용악산에게 물었다.

사실 용악산은 지금 단전이 텅 비어버린 상태였다.

두 마리의 화룡은 적룡공이 구현해 낼 수 있는 최강의 양강
장력(陽剛掌力).

번토역수라는 초식명에서도 알 수 있듯이 사방 삼십여 장
을 초토화시키는 무서운 격공장의 일종이다.

그 정도의 공력을 일시에 쏟아냈으니 단전이 비지 않으면
이상한 것이다.

한마디로 그냥 서 있기에도 벅찬 상황.

지금 이 순간 장산벽이 용악산은 공격해 온다면 꼼짝없이
당할 수밖에 없었다.

하지만 장산벽도 지금은 내상을 다스리기에 바빴다.

결국 누가 빨리 회복하느냐의 싸움.

"석승, 수하들을 이끌고 전속력으로 달린다."

“대주는 제가 모시겠습니다.”

“난 괜찮다. 어서!”

“대주!”

“어서!”

석승은 잔뜩 굳은 얼굴로 고개를 숙이더니 수하들을 향해 외쳤다.

“전속력으로 돌진한다!”

석승을 비롯해 용악산의 수하들이 말을 타고 질주하며 길을 열었다.

멸천대가 무용지물이 되면서 좌우의 철갑기마대가 봇물 터지듯 쏟아져 왔다.

그들에겐 두 가지 목적이 있었다.

중상을 입은 멸천대를 용악산의 수하들로부터 지키는 것, 또한 용악산과 그 수하들의 진격을 막는게 그것이었다.

인해전술. 철갑기마대는 남은 전력을 모두 쏟아붓기라도 하려는 듯 압도적인 숫자로 밀어붙였다.

그때 석승이 외쳤다.

“대열에서 이탈하지 마라! 놈들과 사생결단을 내지 말고 곧장 진격하라!”

과연 용악산의 오른팔이었다.

철갑기마대가 제아무리 상대가 안 된다고 해도 압도적인 숫자라면 발목을 잡힐 수밖에 없었다.

지금 이 순간 촌각의 지체는 몇 사람의 목숨일 수도 있었다.

용악산이 공력을 탕진하면서까지 만든 기회가 아닌가.

다행히 효과가 있었다.

석숭을 비롯한 선두의 사람들은 멸천대의 저지선을 뚫고 곧장 북망동을 향해 달려갔다.

삼십 장이 넘는 행렬의 머리가 북망동으로 들어가기 직전이었다.

그 순간 후미 쪽에 문제가 생겼다.

투캉!

전속력으로 달려오던 세 번째 마차가 결국 엄청난 파열음과 함께 바퀴가 튕겨져 나간 것이다.

달려가는 와중에 돌부리를 밟았는데 그 바람에 충격이 온 모양이었다.

바퀴 빠진 마차는 땅을 패면서 한참을 끌고 가더니 그 자리에서 멈췄다.

마차는 이미 한쪽으로 쓰러질 듯 기울어진 상태였다.

첫 번째와 두 번째 마차는 계속해서 달리고 있었다.

순식간에 행렬의 후미가 뚝 끊어지며 세 번째 마차와 거기에 타고 있던 사람들이 고립되어 갔다.

철갑기마대는 그동안 당한 걸 분풀이라도 하려는 듯 세 번째 마차를 향해 개떼처럼 몰려들었다.

그들이 가장 먼저 한 것은 마차를 끌던 말 네 필을 창으로 찔러 죽여 버린 것이었다.

이렇게 되자 마차는 오도 가도 못하고 완벽하게 고립되었다.

마차에 타고 있는 아홉 명의 부상자는 혼자서는 걸을 수도 없는 중상자들.

그들의 목숨이 막 떨어지려는 순간이었다.

그곳엔 은도천과 표자룡도 있었다.

"아버지!"

은서령이 철갑기마대 속으로 사라지는 세 번째 마차와 은도천을 바라보면서 비명을 질렀다.

"이런!"

용악산이 몸을 빼서 달려가려 하는데 석승이 막아섰다.

"대주!"

"무슨 짓이냐!"

"이미 늦었습니다."

"독갈, 물러나라!"

용악산이 석승의 옛 별호까지 언급하며 무서운 얼굴을 했다.

하지만 이번에는 석승도 지지 않았다.

아직 북망동까지는 백여 장이 남은 상태였다.

첫 번째와 두 번째 마차를 중심으로 따라오던 칠십여 명의

제자들이 있는데 그들을 버려두고 용악산이 후미로 달려간다
면 그야말로 일대 혼란이 올 것이다.

게다가 용악산은 지금 삼류무인조차 당해낼 수 없는 상태
였다.

"가시려거든 저를 먼저 참하십시오!"

"네놈이 정녕!"

"마차를 끌던 말들이 모두 죽었습니다. 달려가신다 해도
바퀴 빠진 마차를 끌고 올 방법이 없습니다."

"그래도 가야 한다!"

"현실을 직시하십시오. 아홉 명을 구하려다가 백 명이 죽
습니다. 그건 수장으로서 현명한 선택이 아닙니다."

"틀렸어. 금룡문은 어떠한 경우에도 형제를 적지에 버려두
지 않는다. 그게 사부님의 가르침이고 내가 지켜야 할 가치
다."

"대주의 눈에는 이제 금룡문만 보이시는 겁니까! 정녕 저
희들을 버리시려는 겁니까!"

석승의 목소리가 전에 없이 높아졌다.

"독갈……!"

"대주 한 사람만 보고 여기까지 달려왔습니다. 저희들을
버리지 마십시오. 부탁입니다."

석승의 목소리는 그 어느 때보다 비통했다.

그때 철갑기마대와 마지막 혈전을 벌이고 있던 전방에서

갑자기 거대한 그림자가 두 사람을 스치고 갔다.

그가 향하는 곳은 은서령이 이끌고 있는 첫 번째 마차와 두 번째 마차를 지나 고립된 세 번째 마차였다.

"모조리 죽여주마!"

육 척에 이르는 거대한 쇠몽둥이를 들고 무지막지하게 달려가는 사내.

채홍만이었다.

그의 몽둥이질에 철갑기마대가 텅텅! 소리를 내며 튕겨져 나갔다.

# 第十章

## 금룡문은 형제를 버리지 않는다

天山刀客

"자룡아, 뒤를 조심하거라!"

혼전 중에 은도천의 날카로운 목소리가 들려왔다.

표자룡은 재빨리 검을 휘둘러 뒤에서 찔러오던 돌격창을 비스듬히 쳐냈다.

놈의 숨결이 확 느껴지는 순간 다시 검을 휘둘렀다.

손목을 타고 묵직하게 전해져 오는 느낌.

놈의 옆구리를 정확히 가른 것이다.

두 눈이 보이지 않는 상태에서 상대의 기운만으로 위치를 파악하고 검을 휘두르는 것은 결코 쉽지 않은 일이었다.

이건 공력이나 무공 고하의 문제가 아니라 습관, 즉 경험의 문제였다.

불행하게도 표자룡에겐 그런 경험이 없었다.

하지만 최선을 다했다.

죽음을 앞둔 사람의 감각은 무서운 면이 있다.

지금 표자룡이 그랬다.

비록 두 다리를 쓸 수 없는 상태에서 마차에 걸터앉아 싸우고 있지만 사부 혼자서 이 짐을 지게 할 수는 없었다.

곁에는 사부 은도천이 수십 명의 적들에게 둘러싸여 항전하는 소리가 들려왔다.

마차를 끌던 네 마리의 말은 이미 적들의 창에 꿰뚫려 죽은 후였다.

창은 계속해서 떨어졌다.

쒜엑, 쒜엑, 쒜엑…….

수십 마리의 독사가 동시에 달려드는 듯한 느낌이랄까.

온몸의 신경을 곤두세워 거의 본능에 가까운 움직임을 펼쳤다.

이 순간만큼은 초식도 잊고 검로도 잊고 오직 본능에 충실했다.

그의 검이 깃털처럼 가벼워졌다.

하지만 파괴력은 천근거력과도 맞먹었다.

분노 때문이다, 적들을 향한 분노.

까앙! 까앙!

“커헉!”

“으아악!”

삽시간에 두 명의 목이 떨어졌다.

마차에 타고 있던 이대제자들도 도검을 집어 들었다.

이미 중상을 입어 손가락 하나 움직일 수 없는 상태였지만 그대로 죽을 수는 없지 않은가.

“가운데로 모여라. 어서!”

표자룡이 소리쳤다.

철갑기마대는 멀쩡한 상태에서도 대적하기 힘든 적이거늘, 중상을 입은 상태에서 어떻게 대적을 할 것인가.

그들은 기민했다.

그 와중에도 정신을 잃은 자들을 가운데로 모으고 나머지는 마차의 가장자리로 옮겼다.

그나마 제 힘으로 움직일 수 있는 자들은 검을 쥐고 표자룡의 곁으로 모였다.

“무슨 짓이냐?”

“긴말할 것 없소. 같이 죽읍시다.”

“이런 멍청한 놈들!”

“흥, 누가 할 소릴.”

“진법은 어디까지 배웠지?”

“진법이 다 뭡니까. 공 사백께서 하루 종일 마보만 시켰습니다. 하지만 우리도 생초짜는 아니니 방진 정도는 압니다.”

“좋아, 마차를 중심으로 방진을 펼친다!”

표자룡의 명령에 따라 세 명이 마차의 위로 올라서 방위를 점했다.

겨우 세 명, 그것도 팔다리가 하나씩은 잘려 나가 언제 쓰러질지도 모르는 자들.

앞에서는 은도천의 숨소리가 점점 거칠어지고 있었다.

한 걸음 한 걸음 다가오는 사부의 죽음을 느끼는 표자룡은 가슴이 터질 것 같았다.

하지만 조금도 손을 쓸 수가 없었다.

자신과 마차 안의 부상자들을 향해서도 수십 개의 창이 쉴 새 없이 쏟아졌기 때문이다.

말의 거친 숨소리와 적들의 살기가 한데 뒤섞여 정신을 차릴 수가 없었다.

‘선두는 북망동으로 접어들었을까?’

그때,

퍼퍼퍼퍽!

빠르게 이어지는 격타음과 함께 주변에 있던 기마병들이 비명을 질러댔다.

“으아아악!”

“크아아악!”

“괴물이다!”

“저놈을 잡아라!”

“죽여라!”

삽시간에 대여섯 명의 비명 소리와 노성이 이어진 후 낯익은 목소리가 들려왔다.

“사부님, 표 사형, 괜찮으십니까?”

채홍만이었다.

“선두는 어떻게 되었느냐?”

은도천이 다급하게 물었다.

“모두 기다리고 있습니다. 그러니 어서!”

“쓸데없는 짓을 했구나.”

그 순간 어디선가 지금까지와는 다른 강맹한 파공성이 들렸다.

표자룡은 그 소리의 정체를 알고 있었다.

어떻게 잊을 수가 있겠는가.

자신을 이렇게 만든 바로 그 화살인 걸.

“사부님! 위험합니다!”

표자룡의 외침은 이미 늦었다.

사실 파공성이 들리기도 전에 이미 은도천은 화살을 맞은 상태였다.

“크헉!”

화살은 정확히 은도천의 등을 뚫고 가슴을 향해 튀어나왔다.

“사부님!”

표자룡이 소리쳤다.

채홍만이 화살이 날아온 방향으로 고개를 돌렸다.

하지만 아무리 둘러보아도 활을 들고 있는 사람은 없었다.

이상히 여기고 다시 고개를 돌리려던 채홍만은 문득 불길한 예감을 느끼고 다시 고개를 돌렸다.

무려 삼백 장 밖, 항주의 명물이자 강남을 통틀어 가장 거대한 건축물인 육화탑(六和塔) 꼭대기에 깨알만 한 크기의 사람이 보였다.

최대한 안력을 돋우어 보니 먹빛 강궁을 들고 있는 육 척 거구의 노인이었다.

'설마… 저기서!'

삼백 장 바같이면 사람이 정말 깨알처럼 보인다.

그 먼 거리에서 활을 쏘아 맞출 수 있는, 더구나 은도천 같은 고수조차 피할 수 없을 만큼 강맹한 화살을 쏠 수 있는 사람이 도대체 누굴까.

"사부님을 모셔라. 어서!"

불현듯 표자룡의 목소리가 채홍만의 상념을 깨뜨렸다.

"물론 그래야죠. 하지만 표 사형도 함께 구할 겁니다."

채홍만은 은도천을 번쩍 들어 마차에 태우더니 갑자기 앞으로 달려갔다.

그리고선 마차의 남은 바퀴를 뻥 차서 부숴 버렸다.

그러자 한쪽으로 기울어졌던 마차가 단번에 바로 섰다.

"다들 꼭 잡으십시오!"

미처 뭐라고 말을 하기도 전에 마차의 앞쪽이 획 들렸다.

채홍만이 말과 연결된 밧줄을 모두 끊고 횡목을 두 손으로 집어 든 것이다.

그 상태에서 채홍만은 마차를 끌었다.

은도천을 포함해 열 명의 부상자를 태운 마차였다.

거기다 바퀴조차 없다.

네 마리의 말도 끌기 힘든 마차를 끌고 채홍만은 무서운 속도로 돌진했다.

마차가 통째로 땅을 끌면서 바닥엔 길게 자국이 패였다.

채홍만은 지금 두 손을 모두 횡목을 잡는 데 쓴 상태였다.

그의 앞으로 철갑기마대가 새까맣게 몰려왔다.

그야말로 무방비 상태에서 적들을 향해 달려가는 상황.

그 순간 하늘에서 반짝이는 비수 수십 개가 마차를 향해 쏟아졌다.

파공성을 느낀 표자룡이 재빨리 피하려고 했지만 늦었다.

비수가 갑자기 천 근의 무게라도 실린 듯 뚝 떨어졌기 때문이다.

하지만 비수는 표자룡을 비롯한 제자들의 몸을 관통하지 않았다.

표자룡의 앞쪽 손만 뻗으면 닿을 수 있는 거리에 정확히 꽂힌 것이다.

그제야 표자룡은 그것이 적들이 던진 것이 아님을 알았다.

"자룡아! 기축(己丑) 방향에 적이다!"

기축이란 윤도(輪圖)에 나오는 이십사방위 중 한 곳이다.

은도천이 갑자기 이렇게 말을 한 것은 윤도의 방위가 좀 더 세밀하게 적의 위치를 말해줄 수 있기 때문이었다.

표자룡은 자신의 앞에 꽂힌 비수 중 하나를 뽑아 재빠르게 던졌다.

놈들이 철갑을 입었다는 걸 고려해 공력을 최대한 끌어올렸다.

"커헉!"

단말마와 함께 한 놈이 말에서 떨어지는 것이 느껴졌다.

그 바람에 채홍만은 적의 돌격창에 가슴을 꿰뚫리는 횡액을 면했다.

잠시 숨을 고를 사이도 없이 은도천의 말이 이어졌다.

"정묘(丁卯)!"

은도천의 말이 짧은 정도로 상황이 얼마나 다급한지 짐작할 수 있었다.

표자룡의 손도 그만큼 빨리 움직였다.

퍽!

"커헉!"

이번에도 단말마와 함께 한 놈이 쓰러졌다.

놈들은 계속해서 몰려왔고 은도천의 목소리도 점점 빨라

졌다.

　은도천은 창을 가슴에 관통해 공력을 끌어모을 수 없었기에 계속해서 표자룡의 눈과 귀가 되어주었다.

　오랜 세월을 함께한 탓인지 두 사람의 호흡은 척척 맞았다.

　덕분에 채홍만은 적들이 무서운 기세로 달려들어도 안심하고 돌진할 수 있었다.

　채홍만은 표자룡을 믿고, 표자룡은 은도천을 믿고…….

　세 사람은 서로를 절대적으로 신뢰하며 목숨을 기꺼이 맡겼다.


　채홍만이 뒤따라오는 것을 확인한 용악산은 선두에서 북망동을 향해 계속해서 돌진했다.

　그의 수하들이 좌우를 엄호하며 길을 넓혔고 두 대의 마차가 뒤를 따랐다.

　마지막이라는 생각 때문인지, 철갑기마대 역시 악착같이 따라붙었다.

　북망동과 바깥세상은 확연히 구분된다.

　안은 어떨지 모르나 북망동을 둘러싸고 있는 건물들은 따개비처럼 다닥다닥 붙어 있어 그 자체가 일종의 금지를 구분하는 기준이 되었다.

　건물들 사이로 난 좁은 골목길은 한낮에도 어두컴컴해 보통 사람들에겐 왠지 모를 꺼림칙함을 안겨주었다.

두두두두두…….

용악산을 필두로 선두의 무리가 마침내 북망동의 좁은 골목길로 접어들었다.

뒤를 이어 두 대의 마차도 금룡문의 제자들과 함께 빠르게 빨려들어 갔다.

세 번째 마차를 끌고 오던 채홍만은 마지막 사력을 다했다.

그의 뒤로 천여 명의 철갑기마대가 무서운 속도로 달려오고 있었다.

"홍만아, 제발!"

먼저 골목길로 접어든 은서령이 두 손을 꼭 잡으며 혼잣말을 했다.

마차의 뒤에서도 연신 창이 따라붙고 있었다.

표자룡의 비수도 이제는 동이 난 상태였다.

남은 것은 오직 채홍만의 힘을 잃지 않기를 바라는 것뿐이었다.

채홍만은 몸은 흠뻑 젖어 있었다.

표자룡이 날린 비수에 맞은 철갑기마대가 뿜어내는 피에 자신의 땀까지 뒤섞여 그야말로 악귀가 따로 없었다.

하지만 사람이, 그것도 바퀴도 없이 열 명이나 태운 마차를 맨땅에 끌면서 달리는 말보다 빠를 수는 없었다.

채홍만이 끄는 마차는 곧 철갑기마대에게 따라잡혔다.

그 순간 사 척 단구의 어린아이 하나가 바람처럼 달려나갔다.

유소악이었다.

그는 마차의 뒤를 따르는 철갑기마대들이 타고 있는 말의 다리 사이를 귀신처럼 농락하며 다리를 잘라냈다.

선두에서 달리던 세 마리의 말이 순식간에 넘어지면서 뒤를 따르던 말들이 연쇄적으로 쓰러졌다.

평소 같으면 이 정도에 쓰러질 그들이 아니었지만 지금은 그만큼 밀착한 상태에서 빠른 속도로 달리고 있었기에 어쩔 수 없는 일이었다.

그 바람에 약간의 시간 차가 생겼고 석승과 평개, 장산, 추립 등이 마주 달려나가 유소악을 도왔다.

잠시 후 마침내 세 번째 마차까지 무사히 북망동으로 접어들었다.

그런데 싸움은 아직 끝나지 않았다.

철갑기마대는 이참에 북망동까지 쓸어버리려는 듯 달리는 속도를 늦추지 않았다.

두두두두두…….

북망동으로 진입하는 골목은 모두 다섯 개.

철갑기마대는 북망동 초입에서 다섯 갈래로 벌어지더니 돌격창을 앞세운 그대로 진격해 왔다.

철갑기마대는 군문을 방불케 하는 조직과 명령 체계를 갖추었다.

그런 그들이 무리에서 벗어나 돌발 행동을 할 리가 없었다.

이건 분명 장산벽의 명령이었다.

어두컴컴한 골목으로 들어선 철갑가마대는 금룡문 사람들을 추적해 북망동을 질주했다.

그때였다.

어디선가 천지를 진동시키는 사자후가 들려왔다.

"형제들이여! 초대받지 않는 손님들이 왔다! 북망동의 무서움을 보여주자!"

사람들이 일제히 소리가 난 곳으로 시선을 돌렸다.

저만치 어느 전각의 지붕 꼭대기에서 한 사람이 바람에 머리카락을 흩날리며 서 있었다.

야천왕이었다.

그의 명령을 시작으로 어둠 속 구석구석에서 흉악한 인상의 무인들이 박쥐 떼처럼 튀어나왔다.

낭선을 든 해골바가지, 대부를 든 털북숭이, 길이가 한 자나 되는 호조를 낀 거인 등등……

하나같이 범상치 않은 외모에 범상치 않은 병장기를 든 사람들이었다.

하나같이 그 이름만으로도 천하가 벌벌 떨 흉신악살들.

"크크크, 여기가 지옥이라는 건 알고 왔느냐?"

"키키키, 불쌍한 놈들."

"흐흐흐, 간만에 실컷 살인을 해보겠군."

모두 어디에 숨어 있었는지 그런 자들은 계속해서 늘어나더니 순식간에 골목을 꽉 채웠다.

어느 순간부터는 철갑기마대의 숫자를 넘겼다.

말을 타고 골목을 질주하던 철갑기마대가 우뚝 멈췄다.

그들은 당황한 나머지 서로의 등을 맞대며 우왕좌왕했다.

"죽여라! 북망동이라는 이름만 들어도 삼대가 공포에 떨도록 만들어주자!"

누군가의 외침을 시작으로 대살육이 시작되었다.

북망동의 흉신악살들은 흡사 땅을 뒤덮는 어둠처럼 철갑기마대를 덮어갔다.

무리가 뿜어내는 지독한 살기에 말들이 울부짖으며 날뛰었다.

"으아아악!"

어디선가 날카로운 비명 소리가 들려왔다.

철갑기마대 중 누군가 죽은 것이 확실한데 어떻게 죽었는지는 아무도 몰랐다.

이어 사방팔방에서 동시다발적으로 비명 소리가 울려 퍼졌다.

어두컴컴한 골목 안에서 일대 혼전이 벌어졌다.

비명은 계속해서 들려왔고 피 냄새가 진동했다.

사이사이 살인을 즐기는 흉신악살들의 섬뜩한 웃음소리도 들려왔다.

북망동의 흉신악살들은 공포, 그 자체였다.

애초에 상대가 안 되는 싸움이었다.

뿌우우우!

어디선가 뿔 나팔 소리가 들렸고 북망동으로 들어왔던 철
갑기마대들이 일제히 말 머리를 돌려 달아나기 시작했다.

하지만 북망동의 흉신악살들은 지독했다.

싸울 의사를 포기하고 도주하는 적들의 등에도 칼을 꽂고
목을 따고 사지를 찢어놓았다.

하지만 그들이 북망동을 벗어나는 순간엔 어쩐 일인지 모
두가 약속을 한 것처럼 멈췄다.

어떤 사정이 있는지 모르지만 북망동 바깥으로는 단 한 발
자국도 나가지 않은 것이다.

마침내 적들이 모두 빠져나갔을 때는 북망동의 어두운 골
목에 이백여 명의 철갑기마대가 쓰러져 있었다.

불과 일다경 사이에 벌어진 일 치고는 참혹하기 짝이 없었
다.

금룡문 사람들은 북망동이 지닌 무력에 감탄을 넘어 두려
움까지 느꼈다.

천하의 철갑기마대가 저토록 맥없이 무너지다니.

그러나 가장 두려움을 느낀 사람들은 철갑기마대 자신들
이었다.

지축을 울리며 도주하는 저들의 얼굴은 공포와 두려움으

로 사색이 되어 있었다.

"어서 오게."

어느새 용악산의 앞에 내려선 야천왕이 말했다.

"신세를 지게 되는군요."

"이것으로 자네에 대한 빚은 갚은 것으로 하지."

"……?"

용악산은 잠시 의아했지만 곧 야천왕의 말속에 담긴 뜻을 알아차렸다.

그는 보름 전 용악산이 지옥혈마와 단소운으로부터 서문홍주를 구해준 것에 대해 고마워하고 있었던 것이다.

＊　　　＊　　　＊

첫 번째 교전에서 호되게 당한 장산벽은 함부로 북망동으로 들어가지 못했다.

북망동을 제외하면 항주는 이제 그의 땅이었다.

북망동은 원래부터가 천외천의 땅이었으니 사실상 강동 정벌의 임무를 완수했다고 해도 과언이 아니었다.

하지만 그는 이것을 받아들일 수 없었다.

북망동이 아무리 천외천의 땅이라고 해도 엄연한 항주의 일부.

그는 북망동까지 정벌해야 비로소 항주를 손에 넣은 것이라고 생각했다.

게다가 그가 반드시 북망동을 쳐야 할 한 가지 이유가 더 있었다.

북망동에는 용악산이 있었다.

대종사의 진전을 이은 유일한 제자.

그가 살아 있는 한 장산벽은 정통성을 확보할 수 없었다.

십종가가 제아무리 천하를 장악했다고 해도 가장 밑바닥을 이루는 마도의 숫자는 무려 십만이나 된다.

그들에겐 죽은 대종사에 대한 향수가 있었다.

어디 그뿐인가.

자칫 마도백가와 대종사를 목숨처럼 따르던 고수들이 용악산을 중심으로 결집할 수도 있었다.

그런 일이 생겨서는 안 되는 것이다.

절대로.

"그 아이가 보인 무공⋯⋯."

어디선가 들려온 목소리에 고개를 돌려보니 어느새 궁마왕이 장산벽의 곁에 와 있었다.

엄청난 고수라는 건 알고 있었지만 이 정도일 줄이야.

"내 눈이 틀리지 않았다면 서거하신 대종사의 적룡공인 것 같다만."

"그렇습니다."

"언제부터 알고 있었느냐?"

“황하에서 그를 처음 만났을 때부터입니다.”

“너 외에 또 누가 알고 있지?”

“일조장 도귀만이 알고 있습니다.”

“도귀를 죽여라.”

“……!”

“대종사께서는 평생 단 한 번 화룡을 불러내셨지. 그것을 목격한 사람은 천하를 통틀어 단 열 사람, 단언컨대 지금 이곳에서 화룡의 출현만으로 적룡공을 알아볼 수 있는 사람은 아무도 없다. 도귀를 죽여 멸구하라.”

“그럴 수 없습니다!”

“대업을 망칠 셈이냐!”

“도귀는 가장 충직한 수하입니다. 절대로 저를 배신할 리 없습니다.”

“머리만큼 가슴도 차가운 놈인 줄 알았거늘…….”

궁마왕은 실망스런 얼굴로 저만치 사라져 갔다.

第十一章
두 번째 사부를 잃다

天山刀客

　서문홍주는 장원을 활짝 열어 금룡문 사람들을 맞아주었
다.
　언제부턴가 환희방의 방도들은 금룡문을 형제의 문파로
여기고 있었다.
　용악산과 그의 사제들이 서문홍주의 목숨을 구해주고 난
후 그런 생각은 더욱 굳어졌다.
　당연히 금룡문 사람들을 대접하는 데 소홀함이 없었다.
　깨끗한 잠자리와 음식을 마련해 주었고 부상자들을 치료
하는 데 약재를 아끼지 않았다.
　금룡문의 문도는 절반 정도가 심한 부상을 입었지만 믿을 수 없게도 죽은 사람은 없었다.

이 기적 같은 일에 금룡문의 제자들은 서로에게 사실이냐고 묻고 또 물었다.

백번을 물어봐도 사망자는 없었다.

중상을 입어 마차에 실려왔던 사람들도 모두 고비를 넘겼다.

모두가 서문홍주 덕분이었다.

그녀는 부상자들이 많을 걸 알고 미리 의원 이십여 명과 충분한 약재를 대기시켜 놓았었다.

금룡문의 제자들이 서문홍주에게 깊은 고마움을 느끼는 것은 당연했다.

하지만 분위기는 그리 썩 밝지가 못했다.

표자룡과 은도천의 부상이 심상치 않았기 때문이다.

두 사람은 서문홍주가 직접 치료를 했다.

이제야 알게 된 사실이지만 그녀는 의술에 상당한 조예가 있었다.

도 총관의 말을 들으니 항주에서 다섯 손가락 안에 꼽히는 실력자란다.

"어떻습니까?"

은도천의 치료를 마치고 나오는 서문홍주를 보며 용악산이 물었다.

곁에는 은서령을 비롯한 적전제자들도 초조한 표정으로

기다리고 있었다.

서문홍주는 은서령을 보며 잠시 말을 망설였다.

"솔직히 말씀해 주세요."

은서령의 말에 서문홍주는 힘겹게 말문을 열었다.

"아무래도 각오를 하셔야 할 것 같습니다."

"그, 그럴 리가……."

"사매!"

충격으로 한순간 휘청거리는 은서령을 하풍달이 부축했다.

하풍달이 은서령의 기식을 살피는 동안 용악산이 서문홍주에게 물었다.

"어느 정도입니까?"

서문홍주는 대답 대신 하얀 천으로 싼 물건을 보여주었다.

"문주님의 몸에서 빼낸 거예요. 어떤 물건인지 알아보시겠어요?"

붉은 피가 묻어 있는 그것은 부러진 화살이었다.

독사의 머리처럼 세모난 화살촉 대신 초승달 모양의 월아(月牙)가 달린 기이한 화살.

살과 근육을 비집고 박히는 것이 아니라 찢으며 박히기 때문에 세모난 화살촉에 비해 상처의 범위가 훨씬 컸다.

무엇보다 뱃속의 창자에 닿으면 구멍을 뚫는 것이 아니라 아예 잘라 버리는 흉악한 물건이었다.

“궁마왕······!”

“대장이 잘려 나갔어요.”

“방도가 없겠습니까?”

“한 군데가 아니에요. 화살이 관통하면서 여러 조각으로······.”

용악산은 자신도 모르게 눈을 지그시 감았다.

창자가 여러 조각으로 잘려 나갔다면 대라신선(大羅神仙)이 와도 살릴 수가 없다.

대종사를 잃은 이후 처음으로 마음까지 감복한 사부이거늘.

또 한 명의 사부를 잃게 된 용악산의 심정은 비탄스럽기 그지없었다.

“시간이 얼마나 있을 것 같습니까?”

“오늘을 넘기시지 못할 거예요.”

그때 방 안에서 은도천을 보살피고 있던 어린 여아가 나와 말했다.

“할아버지께서 들어오시래요.”

용악산을 포함한 적전제자들이 모두 방으로 들어가려는데 여아가 다시 말했다.

“아니요. 아저씨 혼자만 들어오시래요.”

말을 하면서 아이가 손가락으로 가리킨 사람은 용악산이었다.

용악산은 은도천의 머리맡에 앉았다.

코를 찌르는 배설물의 악취는 분명 은도천의 뱃속에서 나온 것이었다.

침상에 누워 있는 은도천의 얼굴은 핏기라곤 찾아볼 수 없었다.

"아직도 바다로 흘러가고 싶으냐?"

"……?"

"사람은 누구나 고해의 바다 한가운데 있느니라. 더 넓은 세상 더 큰 세상만 바라보느라 발아래 놓인 꽃을 놓치지 말거라."

"죄송합니다. 사문을 지키겠다는 약속을 지키지 못했습니다."

"아직도 모르겠느냐?"

"……?"

"장원이 그릇이라면 제자들은 물이다. 장원은 그저 물을 담는 그릇일 뿐, 제자들이 모두 살아 있고 그들을 통해 금룡문의 무공이 전해질 것이니 금룡문은 결코 멸문한 것이 아니다. 그러니 파랑이 너도 약속을 지키지 못한 것이 아니니라."

파랑이라고 부르는 목소리가 어느 때보다 인자했다.

용악산은 괴로웠다.

이렇게 진심으로 자신을 대해주는 사람 앞에서 생의 마지막 순간까지도 가면을 쓰고 있을 순 없었다.

이제라도 말을 해야 한다.

자신은 비파랑이 아니라 마도 대종사의 마지막 후예라고.

비파랑은 이미 오래전에 평원의 어느 골짜기에서 죽어 백골이 되었다고.

"드릴 말씀이 있습니다."

용악산의 목소리가 그 어느 때보다 떨리고 있었다.

한데 은도천은 아주 뜻밖의 말을 했다.

"운명이 무엇이라고 생각하느냐?"

"……?"

"처음 네가 나를 찾아왔을 때가 기억나는구나. 그때 갑자기 그런 느낌이 들었다. 네가 누구든, 과거에 어떤 삶을 살았든 우리는 반드시 만날 운명이었다고 말이다."

"사부님……."

"처음엔 몰랐지, 왜 갑자기 그런 느낌이 들었는지. 한데 이제는 알겠구나. 죽은 서령이의 어미가 내게 일러준 것이었어. 너를 품으라고 말이다. 후후, 쿨룩쿨룩……."

은도천이 말을 하다 말고 갑자기 기침을 했다.

용악산이 얼른 깨끗한 수건을 가져갔다.

수건은 순식간에 붉은 피로 물들었다.

그의 목숨이 점점 꺼져 가고 있었다.

"우리의 만남이 신의 계획이라면 헤어짐 또한 그분의 계획이겠지. 파랑아……."

은도천이 말을 하면서 허공을 향해 손을 더듬었다.

두 눈을 분명 뜨고 있었지만 이미 시력을 잃은 듯했다.

하지만 그의 눈동자에는 맑은 불빛 하나가 샘물에 비친 별처럼 고요하게 빛나고 있었다.

회광반조(回光返照).

죽음을 앞둔 자가 생의 마지막을 반추하는 불꽃.

용악산이 손을 내밀자 은도천이 앙상한 두 손으로 용악산의 손을 꼭 잡으며 말했다.

"누가 뭐래도 넌 나의 장제자니라. 앞으로도 그렇게 살아줄 수 있겠느냐?"

많은 의미를 담은 물음이었다.

그제야 용악산은 깨달았다.

사부 은도천이 오래전부터 자신이 비파랑이 아니라는 사실을 알고 있었다는 걸.

그리고 지금 이 순간, 은도천은 과거의 삶을 버리고 항주 금룡문의 대제자로서 삶을 살아달라고 부탁하고 있다는 걸.

그건 용악산의 지나온 삶을 모두 부정하는 것이다.

대종사의 후예라는 신분도, 대종사가 죽어가면서까지도 숨겨둔 마도 최강의 타격대 천룡대(天龍隊)의 대주라는 신분도.

이제부터는 오직 금룡문의 이름으로 살아야 하는 것이다.

가짜가 아닌 진짜로.

이번엔 용악산이 은도천의 두 손을 꼭 잡으며 말했다.

“누가 뭐래도 전 사부님의 장제자입니다.”

말을 하는 용악산의 목소리가 가늘게 떨리고 있었다.

“고맙구나. 그리고 너에게 너무 많은 짐을 떠넘기고 가는 것 같아 미안하구나.”

“사부님…….”

“서령이를 부탁하마.”

그것이 용악산과 은도천의 마지막 대화였다.

은도천에게 허락된 시간이 얼마 남지 않았음을 깨달은 용악산은 대례를 올렸다.

은도천은 침상에 누운 상태에서 꺼져 가는 생명을 애써 붙잡으며 그 모습을 지켜보았다.


용악산이 방을 나오자 공춘보, 하풍달, 은서령, 채홍만이 잔뜩 긴장한 모습으로 기다리고 있었다.

한데 꼭 있어야 할 한 사람이 보이질 않았다.

“자룡이는 어디 있느냐?”

“아직 깨어나지 못하고 있습니다.”

표자룡의 부상 또한 가볍지가 않았다.

“중상을 입은 상태에서 공력을 무리하게 운용하는 바람에 탈진해 쓰러진 후 계속 의식이 없습니다.”

용악산은 난감했다.

살수 출신이라는 어두운 과거를 지닌 표자룡을 아무 말 없이 거둬준 사람.

은도천은 표자룡에게 두 번째 삶을 준 아버지였다.

그런 아버지의 임종을 지키지 못했다는 걸 알면 얼마나 괴로울 것인가.

"모두들 들어가 보거라."

용악산의 말이 떨어지기가 무섭게 공춘보, 하풍달, 채홍만이 침통한 얼굴로 들어갔다.

은서령은 용악산을 한 번 바라보더니 고개를 떨군 채 그들의 뒤를 따라갔다.

눈에서는 닭똥 같은 눈물이 쉴 새 없이 쏟아지고 있었다.

그녀의 마음은 이미 아비의 죽음을 받아들이고 있는 것이다.

잠시 후 방 안에서 사람들의 통곡이 들려왔다.

금룡문의 문주이자 세상 낮은 곳의 가치를 알게 해준 용악산의 두 번째 사부는 그렇게 세상을 떠났다.

＊　　　＊　　　＊

은도천이 죽은 그날 밤 표자룡은 전에 없던 고열에 시달렸다.

의식은 여전히 없었고 몸은 미동조차 하지 않았다.

"큰 문제는 없겠지요?"

용악산이 묻자 서문홍주가 대답했다.

"목숨에는 지장이 없어요. 다만……."

"다른 문제라도 있습니까?"

"고열이 좀처럼 가라앉지 않는 것은 몸 안의 화기가 상단전으로 향하기 때문이에요. 문제는 그 고열로 인해 눈동자의 상처가 회복할 시기를 놓치고 있다는 거예요."

"그게 무슨 말입니까?"

"오늘 안으로 깨어나지 못하면 시력을 영영 잃게 될지도 몰라요."

"강제로 깨어나게 하면 어떻습니까?"

"그랬다간 목숨을 잃을 수도 있어요."

"……!"

용악산은 상당한 충격을 받았다.

표자룡은 검수다.

어떤 무공이 그렇지 않을까마는 상대의 빠른 움직임을 감지해야 하는 검수가 눈을 잃는다는 것은 치명적인 약점이 된다.

가슴이 답답해지며 회한이 몰려왔다.

표자룡은 유난히 용악산을 잘 따랐다.

용악산 역시 표자룡에게 다른 사제들보다 더 마음을 주

었다.

무공에 대한 열의가 대견했고 사람에 대한 의리가 믿음직스러웠다.

하늘이 두 쪽 나도 배신하지 않을 사람이란 바로 표자룡 같은 사내를 두고 하는 말이다.

천하제일검 이장도를 동경하며 언젠가 그와 같은 검수가 될 거라고 넌지시 속내를 털어놓던 사내.

그가 지금 무인으로서의 인생 최대의 역경을 만나고 있었다.

*  *  *

표자룡이 깨어난 것은 사흘이 지나 은도천의 장례까지 모두 치르고 난 후였다.

두 눈은 여전히 붕대로 가린 상태였다.

그는 아직 자신이 시력을 잃은 줄 몰랐다.

다만 출혈로 인해 붕대를 감은 줄로만 알았다.

표자룡은 정신을 차리자마자 물었다.

"곁에 있는 사람들이 누굽니까?"

"모두들 모여 있다. 대사형, 공 사형, 나, 홍만이, 그리고 서령이까지."

하풍달이 대신 대답을 했다.

표자룡은 손을 뻗어 사람들을 더듬었다.

그러다 솥뚜껑같이 커다란 손을 발견하고는 미소를 지었다.

"홍만이구나. 그렇지?"

"예."

"너에게 큰 빚을 졌다."

"어찌 그런 말씀을……."

"아니다. 네가 아니었으면 마차에 타고 있던 사람들 모두가 죽었을 거야. 네가 나의 사제라는 게 자랑스럽다."

표자룡은 채홍만의 손을 꼬옥 잡았다.

채홍만이 금룡문으로 들어와서 표자룡과 지금까지 나눈 대화는 채 열 마디도 되지 않았다.

무뚝뚝하기 짝이 없던 표자룡의 온화한 모습에 채홍만은 어쩔 줄을 몰라 했다.

표자룡은 손발을 놀려보더니 아무 이상이 없자 몸을 일으켰다.

"어디로 가시려고요?"

채홍만이 표자룡을 부축하며 물었다.

"사부님을 뵈어야지."

"사, 사부님은 왜요?"

채홍만이 주위 사람들을 둘러보고는 떨리는 목소리로 물었다.

"꿈속에서 사부님께서 나를 찾으셨다. 사내가 그까짓 부상에 누워 있느냐고 어찌나 채근을 하시는지. 후훗."

표자룡은 겸연쩍은지 볼을 살짝 붉혔다.

은서령은 그만 터지는 울음을 참지 못해 후다닥 밖으로 뛰쳐나갔다.

아무것도 모르는 표자룡은 채홍만에게 여전히 부드러운 목소리로 물었다.

"무슨 일이 있느냐?"

"…그, 그게."

"사부님께 무슨 일이 있느냐!"

"그러니까요. 그게……."

"홍만!"

채홍만은 퉁방울만 한 눈알을 뒤룩뒤룩 굴리며 사람들의 눈치만 볼 뿐, 선뜻 대답을 하지 못했다.

대답은 하풍달이 대신했다.

"사흘 전에 돌아가셨다."

"……!"

시간이 그대로 멈춘 것 같았다.

딱딱하게 굳은 표자룡의 얼굴은 흡사 죽은 이의 그것을 보는 것 같았다.

조금 전까지만 해도 발그레 혈색이 돌더니 지금은 시커멓게 변했다.

침상에 털썩 주저앉은 그는 한동안 말문을 열지 못했다.

그때 곁에 있던 서문홍주가 하풍달의 옆구리를 살짝 찔렀다.

“지, 지금 말입니까?”

“서둘러야 해요.”

“하지만…….”

“지금이라도 서두르지 않으면…….”

“휴우, 알겠습니다.”

하풍달은 길게 한숨을 내쉬고는 말했다.

“자룡아, 지금부터 내가 하는 말을 잘 들어라. 네가 의식을 잃고 쓰러져 있는 동안 고열에 시달렸다. 그 바람에 상처가 곪아서… 곪아서… 시력을 잃게 됐다.”

하풍달의 말을 듣지 못한 것인지 표자룡의 얼굴에선 별다른 표정 변화가 없었다.

어쩌면 붕대로 얼굴의 반을 가린 탓에 표정을 읽을 수 없는 것인지도 몰랐다.

하풍달은 힘겹게 말을 이어나갔다.

“문제는 눈을 그대로 놔두면 상처가 계속 곪아 죽을 수도 있다. 그래서 지금부터 방주님께서 네 눈을 치료할 생각이다.”

썩은 눈알을 긁어낸다는 말을 하풍달은 그렇게 말했다.

표자룡은 여전히 무반응이었다.

어쩌면 너무 놀라 할 말을 잃었는지도 모른다.

곁에 있던 공춘보가 울먹이는 목소리로 말했다.

"걱정 마. 내가… 내가 좋은 의안(義眼)을 구해줄게."

한동안 침묵이 지속됐다.

차라리 발작이라도 해주었으면 좋으련만.

알맹이가 빠져나간 매미 껍질처럼 텅 비어버린 표자룡을
보고 있자니 이만저만 괴로운 것이 아니었다.

그때 표자룡이 천천히 몸을 일으키며 말했다.

"어딥니까?"

"뭐가 말이냐?"

하풍달이 물었다.

"사부님을 모신 곳이 어딥니까?"

"내 말 못 알아들어! 지금 썩은 눈알을 도려내지 않으면 죽
을 수도 있단 말이야!"

참다못한 하풍달이 버럭 소리를 질렀다.

표자룡은 천천히 몸을 돌리며 손으로 앞을 더듬었다.

이번에도 채홍만이 그의 손에 걸렸다.

"홍만아, 넌 알지? 나를 사부님께 데려다다오."

"표 사형……."

"부탁이다."

채홍만은 이러지도 저러지도 못하고 용악산의 눈치만 봤
다.

용악산은 조용히 고개를 끄덕였다.

서문홍주도 더는 고집을 피울 수가 없었다.


북망동에서의 시간은 계속해서 흘러갔다.

금지로 여겨졌던 곳에서 천하의 흉신악살들에 의해 보호를 받는 묘한 상황이었다.

이대제자들은 서문홍주와 환희방도들의 도움으로 부상을 빠르게 회복해 갔다.

하지만 마음의 상처는 쉽게 회복할 수 없었다.

그들 모두를 하나로 연결해 주었던 절대적인 존재, 은도천의 죽음은 사람들에게 깊은 고통을 안겨주었다.

그는 모두의 목숨을 살리고 혼자 장렬히 전사한 것이다.

용악산을 비롯한 일대제자들은 말을 잃어버린 사람들 같았다.

어쩐 일인지 그들은 서로 부딪치지 않으려 애쓰는 기색이 역력했다.

어쩌다 만나도 수인사 정도만 하고 스쳐 갈 뿐이었다.

찰떡처럼 붙어 다니던 공춘보와 하풍달도 지금은 소 닭 보듯 하며 지냈다.

이야기를 나눠봐야 사부에 대한 생각만 나지 않겠는가.

공춘보와 하풍달은 각자 어딘가에 처박혀 술만 마시며 지냈다.

채홍만은 어디에 처박혀 있는지조차 알 수 없었다.

유소악이 술병을 들고 하루 종일 그를 찾아다녔지만 벌써 못 본 지가 이틀이 넘었다.

용악산은 서문홍주가 마련해 준 처소에서 나오지를 않았다.

하지만 꼭 붙어 다니는 두 사람이 있었다.

은서령과 표자룡이었다.

정확히 말하면 은서령이 일방적으로 표자룡을 따라다닌다고 해야 맞다.

시력을 잃은 표자룡은 혼자서는 아무것도 할 수가 없었다.

아버지를 잃은 슬픔에도 불구하고 은서령은 하루 종일 표자룡을 따라다니며 그의 손과 발이 되어주려고 했다.

하지만 표자룡은 그것을 거부했다.


인적이 드문 환희방의 별원.

두 눈을 붕대로 가린 표자룡은 검을 쥐고 있었다.

일엽편란(一葉片蘭).

벽월검의 기수식이다.

사부 은도천으로부터 배운 무공.

원래는 난영벽월검이었으나 훗날 사부가 몇 수를 새로 손보면서 벽월검으로 개명을 했다.

초식 하나하나에 사부의 흔적이 담겨 있는 검.

표자룡은 두 눈을 감았다.

이미 눈동자가 없는 몸인데도 습관은 계속 눈동자를 감지했다.

모든 것이 사라진 암흑의 공간.

그는 천천히 검을 휘둘러 나갔다.

처음 사부로부터 검을 하사받고 벽월검을 수련해 나갈 때는 검이 앞서고 보법이 뒤를 따랐다.

초식에 얽매인 탓도 있지만 검이 너무 무거웠던 탓이다.

환의 경지를 얻고 난 후는 보법이 먼저 나가고 검이 뒤를 따랐다.

하지만 검로의 끝에 이르러서는 언제나 보법보다 검이 앞섰다.

쏘에엑!

눈을 잃었어도 여전히 위력을 잃지 않은 검이 파공성을 내며 허공을 갈랐다.

초식은 면면히 이어져 어느새 표자룡의 전신에서는 땀이 비 오듯 흘렀다.

그러다 어느 순간 그의 신경이 한곳으로 집중됐다.

우우우웅.

벌이다.

화원에 핀 꽃을 보고 벌이 날아든 것이다.

표자룡의 고개가 살짝 옆으로 들렸다.

볼 수가 없으니 귀로 들으려는 본능적인 움직임이었다.

잠시 정적이 흐른 후 표자룡은 벌 소리가 들린 곳을 향해 바람처럼 검을 휘둘렀다.

쑤에엑!

강렬한 파공성이 지나간 후 표자룡은 다시 귀를 기울였다.

우우우웅.

벌 소리는 다시 들렸다.

이번에도 벌을 자르는 데 실패한 것이다.

표자룡은 발작적으로 계속해서 소리가 난 곳을 향해 검을 휘둘렀다.

발아래 꽃이 망가지고 검에 꽃대가 잘려 나갔다.

아름답던 화원은 순식간에 쑥대밭이 되고 있었다.


멀리서 화원을 가꾸는 일을 하고 있던 환희방의 방도 하나가 참다못해 뛰어가려고 했다.

총관 도쟁선이 그를 말렸다.

"그냥 놔두거라."

"하지만 이 화원은 방주님께서 아끼시던……."

"강철 같은 무인의 무너진 마음을 어찌 망가진 꽃밭에 비교하겠느냐. 그냥 두거라. 방주께서 보셨어도 그리 말씀하셨을 것이다."

“휴우, 알겠습니다.”

“우리는 그만 물러가자꾸나. 무인의 괴로움을 엿보는 것도
예의는 아니다.”


두 사람 외에도 표자룡의 이런 모습을 멀리서 지켜보고 있
는 사람들이 있었다.

“언제부터 저러고 있었느냐?”

“오늘 아침부터입니다.”

용악산이 묻고 은서령이 대답했다.

“식사는?”

“식음을 전폐한 지 이틀이 넘었어요. 저러다 쓰러지지 않
을까 걱정이에요.”

은서령은 손에 죽사발을 들고 있었다.

아직 온기가 가시지 않은 걸로 보아 새로 쑤어온 게 틀림없
었다.

“이리 다오.”

용악산은 은서령에게서 죽사발을 건네받아 표자룡에게로
갔다.

벌을 찾아 발작적으로 휘두르던 표자룡의 검이 어느 순간
용악산의 옷깃을 스쳤다.

갑작스런 소리에 자신도 모르게 검을 휘두른 것이다.

“……!”

표자룡은 뒤늦게 자신의 실수를 알아차린 모양이었다.

"돌아가십시오."

그는 자신의 곁에 다가온 사람이 용악산이라는 걸 본능적으로 알아차렸다.

비록 정확도는 떨어졌지만 속도는 죽지 않은 그의 검을 이렇듯 간단하게 피할 수 있는 사람은 용악산밖에 없었기 때문이다.

"못난 놈."

"짐이 되어서 죄송하군요."

순간 용악산의 주먹이 표자룡의 얼굴을 강타했다.

퍽!

고개가 팩 돌아간 표자룡은 저만치 나가떨어졌다.

용악산은 일어서려는 그에게 다시 주먹을 날렸다.

퍽! 퍽! 퍽!

얼굴과 가슴, 배를 가리지 않고 가격했다.

인정사정 봐주지 않았다.

죽지 않을 만큼 실컷 때려주었다.

다섯 번째 쓰러졌을 때 표자룡은 발딱 일어서더니 어금니를 꽉 깨물며 검을 고쳐 잡았다.

"그만 하십시오!"

"때려야 독기를 품으니 더 때려줄 수밖에 없구나."

퍽! 퍽! 퍽!

용악산의 주먹은 계속해서 표자룡을 가격했다.

어느새 소식을 듣고 달려온 공춘보와 하풍달, 채홍만 등이 은서령과 함께 나란히 서서 이 광경을 지켜보고 있었다.

"사형들, 대사형을 말려야 하지 않겠습니까? 저러다 표 사형 죽겠습니다."

채홍만이 안타까운 목소리로 말했다.

"아니, 그냥 두고 봐."

하풍달이 말했다.

"하지만."

"그냥 놔두면 저 자식은 진짜 죽어."

"그게 무슨……?"

그 순간 표자룡의 날카로운 목소리가 들려왔다.

"젠장, 그만 하라니까!"

벌떡 일어나는 표자룡의 손에는 어느새 비수가 들려 있었다.

살수 시절부터 품속에 품고 다니던 한 뼘 길이의 작은 비수.

이건 살상용이 아니라 자결용이었다.

적에게 포로로 잡혔을 때 스스로 목숨을 끊기 위한 비수.

어느새 표자룡의 얼굴에선 그 시절의 살기가 뿜어져 나오고 있었다.

사악하고 냉정한 살수의 살기.

"앗! 자룡아, 그러면 안 돼!"

하풍달이 소리를 질렀지만 이미 늦었다.

표자룡의 손에 들린 비수가 용악산의 볼을 순식간에 그어 버리며 지나간 것이다.

붉은 핏물이 볼을 타고 주르륵 흘러내렸다.

"대사형!"

사람들이 용악산을 부르며 후다닥 달려왔다.

용악산은 손을 내밀어 사람들의 접근을 막았다.

"두려우냐?"

표자룡에게 묻는 말이었다.

"……!"

"무엇이 두려우냐?"

"무공을… 잃었습니다. 사부님께서 제게 주신… 무공을… 잃었습니다."

"못난 놈."

"……?"

"이건 서령이가 만든 죽이다. 아버지를 잃은 지 열흘도 채 되지 않은 녀석이 사형을 먹이겠다고, 사형이 다른 사람의 도움을 받게 하는 것이 싫다고 아침부터 잉어를 쑤어 만든 죽이다. 넌 이 죽을 먹을 자격이 없다."

용악산은 죽사발을 뒤집어 안에 든 죽을 땅에 쏟았다.

그리고 사발을 땅바닥에 팽개치고는 획 돌아서며 은서령

과 사제들에게 말했다.

"지금부터 저놈에게 밥을 가져다주거나 손발이 되어주는 놈은 내가 용서치 않겠다. 다들 알겠느냐!"

"……!"

"……!"

"……!"

"……!"

"왜 대답들이 없어!"

"아무것도 안 먹으면 죽는데요, 대사형……."

공춘보가 조심스럽게 말했다.

"어차피 죽으려고 작정한 놈이 아니냐. 죽게 내버려 두어라!"

"끄응, 알겠습니다."

용악산은 사람들을 한번 무섭게 쏘아본 후 홀연히 사라졌다.

용악산이 사라지고 난 후 공춘보가 후다닥 달려가 표자룡에게 말했다.

"새끼, 좀 작작하지."

표자룡은 말없이 몸을 돌리더니 앞으로 휘적휘적 걸어나갔다.

아무것도 보이지 않을 텐데도 거침이 없었다.

돌부리에 걸려 넘어지더라도 개의치 않겠다는 투였다.

사람들에게 더듬거리며 걷는 모습을 보여주기 싫은 탓이
다.

"아, 저, 저 자식이."

공춘보가 안타까운 듯 손을 내밀어보았지만 표자룡은 뒤
도 돌아보지 않았다.

"휴우, 일단 혼자 있게 해줍시다."

하풍달이 공춘보를 말렸다.

"해도 해도 너무하니까 그렇지. 대사형의 얼굴에 칼질을
하는 놈이 어딨어!"

"대사형이라면 끔벅 죽던 표자룡입니다. 오죽 충격을 받았
으면 그랬겠소."

"내 말이 그 말 아냐. 평소 대사형에게 깝죽거리던 나라면
또 몰라. 그렇게 대사형을 따르던 놈이 배신을 해도 유분수
지……."

"공 사형이 대사형에게 깝죽거린 건 아시오?"

"마, 말이 그렇다는 거지. 내가 또 깝죽거리면 얼마나 깝죽
거렸다고 그래."

"휴우, 그만 합시다. 말이 또 엉뚱하게 빠지려고 하오. 그
나저나 어디로 도망가 있었소?"

"나야 어디에 있든 네가 무슨 상관이냐?"

"그렇지 않아도 할 말이 있어서 찾던 중이었소. 홍만아, 공
사형 좀 잡아가자."

"예. 가시죠, 공 사형."

채홍만은 간단하게 대답하고는 공춘보의 팔짱을 척 꼈다.

채홍만이라면 꼼짝을 못하는 공춘보였다.

"끄응, 그나저나 저녁 식사가 준비되었는지 모르겠네."

공춘보는 괜한 말로 자신의 무안함을 감추며 채홍만에게 끌려갔다.

모두가 사라지고 난 후 화원엔 은서령 혼자 남았다.

그녀는 몸을 숙여 화초 사이로 떨어진 검을 집어 들었다.

아버지가 표자룡에게 하사한 중검이었다.

검을 목숨처럼 아끼는 표자룡이 검을 버리고 간 것이다.

평생 검밖에 모르던 그의 마음속에서 검이 떠나고 있었다.

사부와 자신들에 대한 추억과 함께.

第十二章
절대고수들의 방문

天山刀客

표자룡은 서문홍주가 내어준 별원의 어느 골방에 틀어박혀 나오질 않았다.

오래전부터 금룡문에는 한 가지 규칙이 있었다.

잠은 다른 데서 자도 밥은 꼭 함께 먹는다.

처음 용악산이 금룡관에 들어갔을 때 이런 황당한 규칙을 하풍달로부터 들었었다.

그런데 지금은 용악산이 그걸 실천하고 있었다.

비록 남의 집에 얹혀살고는 있지만 밥은 모두가 함께 모여서 먹었다.

"어랍쇼? 홍만이 네가 웬일이냐, 밥을 다 남기고?"

식사를 하다 말고 공춘보가 물었다.

"험험, 밥맛이 없어서요."

"개가 똥을 마다하지. 네가 밥맛이 없다고?"

"거참, 똥 먹는데 꼭 밥 얘기를 해야겠소?"

곁에서 듣고 있던 하풍달이 버럭 화를 냈다.

"……!"

"……!"

"왜?"

"아니다. 너나 똥 많이 처먹어라."

그러면서 공춘보가 슬그머니 일어섰다.

"어라, 어딜 가려고 그러시오?"

"남이사 어딜 가든 말든 네가 무슨 상관이야?"

그때쯤엔 채홍만도 슬그머니 일어서고 있었다.

"넌 또 어디 가냐?"

"밥도 다 먹었고 해서……."

하풍달은 뒤늦게 두 사람이 뒤로 무언가를 감추고 있다는 걸 알아차렸다.

다시 식탁 위로 시선을 돌려보니 고기가 흔적도 없이 사라졌다.

그때 번쩍 드는 생각.

'그렇군. 흐흐, 고기에 술이 빠지면 안 되지.'

하풍달은 식탁의 한쪽에 놓여 있던 술 호리병 하나를 뒤로 감췄다.

그리고는 괜히 은서령과 용악산 평계를 대며 슬며시 일어났다.

"험험, 두 사람이 오랜만에 나눌 얘기도 많을 텐데 내가 눈치도 없이."

하풍달까지 나가고 나자 식탁에는 용악산과 은서령, 둘만 남게 되었다.

한동안 두 사람은 말이 없었다.

묵묵히 식사를 하던 은서령이 조용히 젓가락을 놓았다.

"너도 자룡이에게 먹을 걸 가져다주려는 거냐?"

"알고 계셨어요?"

"소용없다. 내가 도 총관에게 일러 별원에는 얼씬도 못하게 했다."

"그렇군요."

잠시 어색한 침묵이 이어진 끝에 은서령이 말했다.

"고마워요."

"……?"

"어제 공 사형이 화분을 하나 가져다주었어요."

옛 정원에 있던 월견초를 뽑아 온 걸 말하는 것이었다.

"내게 고마워할 것 없다. 그 일을 해낸 건 춘보니까."

"어쨌든요. 환희방도들에게 들으니 철갑기마대가 금룡문을 거처로 쓰고 있대요. 옛 장원도 쑥대밭으로 만들어놓아 별원에는 남아 있는 화초가 없다고······."

은서령의 목소리가 점점 잦아들더니 기어이 말을 잇지 못했다.

두 눈에 눈물이 그렁그렁 맺히고 있었다.

더 말을 했다가는 울음이 터질 것 같은 것이다.

은서령은 한참 만에야 마음을 가라앉히고는 말했다.

"저랑 같이 어디 좀 가주실래요?"


은도천의 묘는 북망동의 남쪽 끝 야산 중턱에 있었다.

원래는 천목산에 모셔야겠지만 지금은 그럴 형편이 안 되고, 또 더운 여름날 무작정 주검을 방치할 수가 없어서 일단 묘를 쓴 것이었다.

은서령은 아버지의 무덤가에 옛 장원에서 캐어온 월견초를 조심스럽게 심었다.

살아생전 어머니가 그렇게 애지중지했던 꽃, 어머니가 죽은 후로는 아버지가 어머니를 대하듯 가꿔왔던 꽃이다.

"대사형께서 마음을 써주신 덕분에 겨우 한 포기를 건졌어요. 조금만 참으세요. 다시 장원을 찾게 되면 그땐 꼭 어머니 무덤 옆에 월견초와 함께 모실게요. 저 믿죠?"

은서령이 죽은 그녀의 아버지와 대화를 나누었다.

어디선가 인자한 은도천의 웃음소리가 들려오는 것 같았다.

월견초를 심은 후 두 사람은 저녁노을을 바라보며 무덤가
에 앉았다.

"산책하듯 걸어도 반 시진이면 족한 거리였는데, 지금은
세상에서 가장 먼 거리가 되었네요."

"……?"

"여기서 천목산의 장원까지 말이에요."

"……."

"돌아갈 수 있을까요?"

"물론."

"또다시 많은 사람이 죽겠지요?"

"그렇겠지."

"사람들은 왜 서로를 죽일까요?"

"사람이 곧 하늘이라는 걸 몰라서지. 머리가 아닌 가슴으
로. 세상에서 가장 먼 거리는 가슴에서 가슴까지다."

"……?"

은서령이 고개를 돌려 용악산을 바라보았다.

대사형은 거대한 산이다.

그녀의 짧은 폭으로는 측량할 수 없는 거대한 산.

그 후로도 두 사람은 한참 동안이나 무덤 곁에 있다가 해가
기울어서야 산을 내려왔다.

그때쯤엔 놀라운 소식이 두 사람을 기다리고 있었다.

＊　　　＊　　　＊

오십여 명의 사람들이 북망동을 찾아왔다.

그중 유난히 눈에 띄는 몇 사람이 있었고, 특히 한 사람은 익히 본 적이 있는 자였다.

보름 전 야천왕에게 크게 망신을 당하고 물러났던 녹수파파.

그녀의 곁에는 특이한 생김새를 지닌 노인이 두 명 더 있었다.

한 사람은 온몸이 뼈다귀처럼 말랐는데 팔뚝만 퉁퉁 부은 것처럼 부풀어 오른 백발노인이었고, 또 하나는 장대한 체구에 산악처럼 어깨가 떡 벌어진 초로인이었다.

장산벽과 단소운 등이 이들을 극진하게 대하는 것으로 보아 범상치 않은 인물임에 틀림없었다.

장산벽과 단소운의 뒤에는 역시 범상치 않아 보이는 낯선 인물 오십여 명이 호위하듯 서 있었다.

아마도 녹수파파를 비롯한 세 명의 노마두가 데려온 고수들인 듯싶었다.

이쪽으로서는 무공의 정도를 측량할 수 없는 까다로운 자들, 가장 조심해야 할 자들이었다.

이들이 방문을 알려온 것은 초저녁 무렵이었다.

부랴부랴 야천왕에게 그 소식이 전해졌고 지금 이 순간 일종의 회담이 성사됐다.

어떤 식으로든 서로가 대화의 필요성을 느끼고 있었기 때문이다.

커다란 탁자를 마주하고 앉은 사람은 모두 여섯이었다.

맞은편에는 세 명의 노마두가 자리했다.

이쪽에는 야천왕, 용악산, 서문홍주가 앉아 있었다.

각각 북망동, 금룡문, 환희방을 대표했다.

장산벽은 감히 저 세 명의 원로들과 겸석할 생각을 못했다.

용악산의 뒤에 서 있는 공춘보, 하풍달, 은서령은 눈동자가 이글이글 불타고 있었다.

지금 이곳에 은도천을 죽인 원수가 있었기 때문이다.

"오랜만이외다. 껄껄껄."

야천왕이 한 번이라도 안면이 있는 녹수파파에게 먼저 인사를 건넸다.

"흥, 혈색이 좋은 걸 보니 팔자가 좋은가 보구려."

"제 자랑 같습니다만 팔자로 치자면 저만한 사람이 또 없지요. 껄껄껄."

야천왕은 한바탕 웃더니 두 명의 다른 노강호에게도 포권을 했다.

"궁마왕께서 항주에 나타났다는 소식은 들었습니다만 흑룡부군(黑龍斧君)께서도 오신 줄은 몰랐습니다그려."

야천왕의 입에서 궁마왕과 흑룡부군이라는 말이 흘러나오

는 순간 장내에는 낮은 탄성이 터져 나왔다.

이들의 강함을 말해주는 말은 아주 간단하다.

두 사람은 모두 당금 무림을 대표하는 십대고수의 일인들이었다.

전전 무림맹주였던 북검성 이장도, 전 무림맹주였던 천공성주 홍인백과 함께 어깨를 나란히 하는 강자들.

십종가를 대표하는 엄청난 거인이 북망동에 나타난 것이다.

그것도 두 명씩이나.

좌중은 촉수를 건드린 해파리처럼 바짝 얼어붙었다.

"우리를 아시오?"

등에 자기 키만큼이나 큰 개산대부(開山大斧)를 멘 흑룡부군이 말했다.

도끼질에 관한 한 그는 천하에 적수가 없었다.

"북망동엔 온갖 별종들이 다 있지요. 그중에는 강호의 기인이사에 대해 특히 관심이 많은 이들도 있답니다. 껄껄껄."

"그렇군. 하지만 우리는 당신을 모르니 불공평하다고 생각하지 않소?"

"저야 궁벽한 시골에 처박혀 사는 촌부에 불과한 것을요. 어찌 가벼운 신분으로 여러분의 귀를 더럽히겠습니까."

"말이 좋군."

여태 말이 없던 궁마왕이 짧은 한마디를 했다.

강호에 떠도는 말 중에 천궁낙성(天弓落星)이라는 말이 있다.

궁술이 하늘에 닿은 궁마왕이 활을 쏘면 반드시 무림의 별 하나가 떨어진다는 뜻이다.

"저보다 다들 연배가 있으신 듯하니 이 정도의 예는 갖춰야겠지요."

야천왕은 자신의 교묘한 언변을 예라고 받아쳤다.

묘한 신경전이었다.

"단도직입적으로 말하지. 북망동에 대한 당신의 지배권을 인정해 주겠소. 대신 우리가 원하는 것 한 가지를 내주어야겠소."

다시 흑룡부군이 말했다.

아마도 세 사람 중엔 그가 가장 연장자인 듯했다.

야천왕이 아무런 대답이 없자 그는 잠시 사이를 두었다가 말을 이었다.

"금룡문의 제자들을 모두 건네주시오."

"무엇 때문에 금룡문을 그리 핍박하는 것입니까?"

"신교의 행보에 정면으로 저항한 자들이오. 모조리 목을 잘라 저잣거리에 내걸 참이오."

금룡문의 제자들은 모두 백 명이 넘는다.

그들 모두를 죽여 본보기로 삼겠단다.

무시무시한 말을 하면서도 흑룡부군은 눈썹 하나 깜짝하

지 않았다.

주변에 모여 있던 사람들은 한 번도 경험해 보지 못한 살기를 느꼈다.

저들이라면 어쩐지 충분히 그럴 능력이 있을 것 같은 느낌.

사람들의 시선이 모두 야천왕을 향했다.

그가 어떻게 나올지 궁금했던 것이다.

"뭔가 큰 착각을 하고 계시는군요."

"무슨 뜻이오?"

"첫째, 북망동은 여러분이 지배권을 인정해 주지 않아도 이미 제 것입니다. 둘째, 금룡문은 저의 손님이 아니라 환희방주의 손님들이니 그녀에게 물어봐야 할 것입니다. 환희방주, 저들을 내어줄 것인가?"

말끝에 야천왕이 곁에 앉은 서문홍주에게 물었다.

"세상에 벗을 사지로 보내는 사람도 있습니까? 마인들은 그런가요?"

"…이렇다는군요. 껄껄껄."

야천왕이 서문홍주의 말을 그대로 받아 흑룡부군에게 말했다.

흑룡부군을 비롯한 궁마왕, 녹수파파는 평범한 사람들이 아니었다.

해서 시종일관 느물거리는 야천왕의 태도에 분노가 치밀 법도 한데 화를 낸다거나 표정을 굳히는 법이 없었다.

대신 싸늘한 눈동자에서 숨이 턱턱 막힐 정도의 강한 살기를 뿜어냈다.

"북망동에 제법 이름난 흉신악살들이 많다던데, 그들을 믿고 이리 오만방자한 것이오?"

흑룡부군이 말했다.

"북망동에 친구가 많긴 하지요. 껄껄껄."

"우리 셋이면 한나절 만에 여길 쑥대밭으로 만들 수 있소이다. 내 장담하지."

"무서운 말씀을 하시는군요."

야천왕의 목소리가 차갑게 가라앉았다.

작심하고 시비를 걸러 온 사람들에게 더 이상 웃으면서 대할 수만은 없었다.

그러기엔 저들이 뿜어내는 살기나 너무나 짙었다.

주변에 있던 사람들이 저도 모르게 계속 침을 삼키고 있는 것만 봐도 알 수 있었다.

십대고수들 중 둘이 모였다.

저들이 뿜어내는 살기를 어찌 당할 수 있겠는가.

다만 분위기에서 밀리지 않기 위해 죽을힘을 다해 참고 있을 뿐이다.

"우리가 무기를 뽑아 든다면 더욱 무서운 일이 벌어질 것이외다."

흑룡부군의 목소리는 침착해서 더 섬뜩하게 들렸다.

"사자로 오신 줄 알았더니, 그게 아니었군요."

"그건 그대의 대답 여하에 달려 있소."

"불가하다면 어쩌시겠습니까?"

"결정만 하시오. 뒷일은 당해보면 알 터인즉."

흑룡부군의 마지막 경고였다.

그는 파란 안광을 쏘아대면서 야천왕을 노려보았다.

주변의 공기가 얼어붙으면서 살벌한 분위기가 만들어졌다.

장산벽은 허리춤에 찬 칼로 슬그머니 손을 가져갔다.

단소운은 폭죽을 품에서 꺼내 들고 있었다.

여차하면 폭죽을 쏘아 올려 북망동을 둘러싸고 있는 철갑기마대에게 신호를 줄 셈인 듯했다.

궁마왕에 이어 흑룡부군까지 왔으니 철갑기마대의 숫자는 또다시 두 배로 불어나 있을 게 분명했다.

상황이 급변하자 용악산의 뒤에 있던 수하들도 일제히 도검에 손을 가져갔다.

여차하면 한바탕 칼부림이 벌어질 것 같은 상황.

그때,

쾅!

용악산이 탁자 한가운데 반쯤 부러진 화살 하나를 거꾸로 박으며 말했다.

"자신있다면 어디 뽑아보시오!"

"자네가 천산도객이군."

흑룡부군이 말했다.

"격전이 벌어진다면 당신들 중 하나는 반드시 내 손에 죽을 것이오. 내 장담하지!"

당신들 중 하나라고 했지만 용악산의 눈동자는 궁마왕을 찢어 죽일 듯 노려보고 있었다.

궁마왕의 눈동자에 기광이 어렸다.

"눈이 좋군."

"사부를 죽인 원수가 누구인지 알 정도는 되오!"

"젊은 나이에 그 정도 성취를 이루었다면 놀라운 자질이다. 하지만 우린 자네가 상대했던 십종지룡과 다르다네. 그래도 해보겠는가?"

"말은 그만하면 됐소!"

차앙!

용악산이 먼저 칼을 뽑아 들며 벌떡 일어섰다.

동시에 여기저기서 벌 떼같이 칼을 뽑아 드는 소리가 울렸다.

삽시간에 모든 사람이 칼을 뽑아 들고는 서로를 향해 으르렁거렸다.

일촉즉발의 긴장감이 감도는 가운데 어디선가 낭랑한 목소리가 들려왔다.

"여기들 모여 있었구려!"

표표한 신법과 함께 두 사람이 허공을 날아왔다.

정확히 대열의 한가운데에 내려선 이들을 본 사람들의 눈엔 놀람과 당혹감이 교차했다.

"다, 당신은!"

녹수파파가 한 사람을 손가락으로 찌를 듯이 가리키며 말꼬리를 흐렸다.

"오랜만이외다. 그간 강녕하셨소이까?"

청수한 얼굴에 강건한 인상의 초로인이 수염을 쓰다듬으면서 말했다.

"당신이 여긴 어찌……?"

"내 볼일까지 여러분들이 아실 필요는 없고. 어디 보자…… 마침 재밌는 일이 벌어지려는 모양이구려. 그렇다면 이 몸도 슬쩍 끼어들까 하는데, 불만들 없으시겠지요?"

말을 하면서 새로 나타난 초로인은 야천왕과 용악산의 사이에 섰다.

그는 전전대의 무림맹주 이장도였다.

이장도가 야천왕에게 가볍게 포권을 했다.

"저 때문에 고생이 많으시군요. 사과드립니다."

"덕분에 한 시절 편안하게 살았으니 외려 제가 감사를 드려야지요."

"하하, 그렇게 말씀해 주시니 더욱 미안해지는군요."

사람들은 어리둥절해했다.

그 이름조차 밝혀지지 않은 흉신악살들의 제왕 야천왕과 한때는 정파무림을 대표했던 북검성 이장도가 아는 사이였다니.

이장도와 야천왕의 만남은 오래전으로 거슬러 간다.

그때 항주에 북망동이라는 곳이 생겨나면서 무림맹은 골치를 썩었다.

한창 정마대전이 진행 중인 와중에 앞마당에서 독버섯이 자라니 어찌 신경이 쓰이질 않겠는가.

시시때때로 시비가 일어났고 항주는 무법 지대가 되었다.

무림맹으로서는 어떻게든 북망동을 다스려야 했다.

하지만 전력을 따로 뺄 수가 없었다.

결국 이장도는 야천왕을 만나 사생결단을 내렸다.

두 사람은 사흘 밤낮을 싸웠지만 승부를 내지 못했다.

하지만 무공을 겨루는 와중에 이장도는 야천왕의 검법의 심오함에, 야천왕은 이장도의 공명정대함에 반했다.

결국 두 사람은 후일로 승부를 미루었고 한 가지 약속을 하게 되었다.

이장도가 마도를 정벌한 후 다시 승부를 겨루기로.

그때까지는 야천왕이 오직 북망동 안에서만 생활할 것이며 그곳에 있는 흉신악살들도 관리를 하기로.

이런 사정을 알 리가 없는 사람들은 의아한 표정을 감추지 못했다.

한데 놀라움은 거기서 그치질 않았다.

이장도와 함께 온 사람이 한 명 있었는데, 그 역시 범상치 않은 풍모를 지닌 노인이었다.

마치 한 마리 학을 연상시키는 백의 장삼에 눈썹은 눈동자를 덮었고 수염은 가슴까지 내려온 백발의 노인이었다.

이장도가 그에게 야천왕을 소개시켜 주었다.

"제가 말씀드린 그분입니다."

이장도는 다시 야천왕에게 말했다.

"인사 나누시지요. 이분은 기련산에서 오신 노일야 대협이십니다."

"알고 봤더니 기련검 대협이시군요. 협명은 익히 듣고 있었습니다. 상황이 이런지라 예를 다해 모시지 못함을 이해해 주십시오."

세수가 많은 탓인지 야천왕이 먼저 허리를 깊이 숙이며 예를 갖췄다.

"그게 어찌 노형의 탓이겠소이까. 저 무례한 불청객들 탓이지요."

말을 하면서 기련검은 세 명의 노마두를 무섭게 노려보았다.

그가 말한 불청객이 바로 그들이었기 때문이다.

"이해해 주시니 감사합니다."

기련검 노일야. 그는 한마디로 협의의 상징이다.

문파도 없고, 따르는 무리도 없이 홀로 기련산 깊은 곳에 은거하면서 강호가 위험에 처했을 때마다 은거를 깨고 나타나 무림공적들을 앞장서서 소탕했다.

무공은 측량할 수 없으며, 심지어 십대고수들보다도 높은 반열에 있을 거라는 소문도 있었다.

악적이라면 이를 가는 기련검이 악적들의 수괴 야천왕과 인사를 나누는 것도 진풍경이었다.

이장도에 이어 기련검의 등장에 금룡문과 환희방 사람들은 천군만마를 얻은 듯했다.

하지만 단 한 사람, 용악산만큼은 심장이 철렁했다.

죽은 비파랑은 생전에 기련검 노일야를 따르며 정마대전에 참가했다고 했다.

고로 비파랑의 얼굴을 아는 유일한 인물이 나타난 것이다.

더불어 용악산의 신분이 탄로날 절체절명의 위기에 처했다.

이게 과연 우연일까.

한편, 북망동으로 협박을 하기 위해 찾아온 마인들은 충격에 빠졌다.

한꺼번에 두 명이나 절대고수들이 등장했기 때문이다.

특히 정마대전을 치르는 동안 기련검에게 많은 동료들을 잃은 자들은 그를 극도로 경계했다.

이장도는 그걸 알기에 만인이 보는 앞에서 일부러 별호까지 언급하면서 서둘러 소개를 한 것이었다.

하지만 흑룡부군을 비롯한 세 명의 마두는 물러설 기미를 보이지 않았다.

이 정도면 충분히 해볼 만한 싸움이라고 여겼기 때문이다.

자신들에게는 북망동 전체를 에워쌀 수 있는 삼천의 병력이 있지 않은가.

하지만 정작 그들이 믿는 것은 따로 있었다.

그때 뒤쪽의 누군가가 다가와 단소운에게 귓속말을 전했다.

단소운은 다시 그것을 그녀의 사부 녹수파파에게 역시 귓속말로 전했다.

무슨 수작인지 몰라 다들 궁금해하는 사이 만면에 미소를 띤 녹수파파가 사람들을 향해 천천히 입을 열었다.

"공융포(攻戎砲)를 아시오?"

"……!"

사람들의 얼굴이 경악으로 물들었다.

나라에서 국법으로 민간인의 소지를 금한 화기.

도검과는 달리 철저하게 관리하는 것으로, 이것을 어길 시에는 반역의 죄를 물어 삼대를 멸한다.

무림이라고 해도 다르지 않았다.

설마하는 얘기가 녹수파파의 입을 통해서 흘러나왔다.

"공융포 오십 문이 지금 막 이곳을 향해 배치가 끝났다는

구려. 반 각이면 북망동을 불바다로 만들 수 있을 거요. 홍,
이래도 금룡문 놈들을 내놓지 않을 작정이오!"
　녹수파파의 말은 사람들에게 포성처럼 들렸다.
　흑시에서 사들인 화포가 모두 어디로 갔나 했더니 지금 같
은 순간을 위해 아끼고 있었던 것이다.
　확실히 위험했다.
　무려 오십 문이나 되는 공융포가 일제히 북망동을 향해 불
을 뿜어댄다면 녹수파파의 말처럼 불바다가 되는 것은 시간
문제였다.
　이건 필시 단소운의 계략이었다.
　항주를 비롯해 근동의 병장기를 싹쓸이한 것도, 결정적인
순간 그것을 역이용하는 것도.
　모두들 낭패한 기색을 면치 못하는데 서문홍주가 말했다.
　"공융포를 쏘기 전에 당신들을 먼저 구워드리죠."
　"……!"
　이건 또 무슨 반전일까.
　"그게 무슨 말이죠?"
　단소운이 서문홍주에게 직접적으로 물었다.
　사람들이 일제히 서문홍주를 향했다.
　"말 그대로예요. 당신들이 화공을 펼친다면 우리도 똑같이
돌려주겠어요."
　"배짱을 부릴 때가 아닐 텐데요. 당신에게 화기가 없다는

걸 환히 알고 있어요."

"천멸폭!"

"......!"

단소운이 눈동자를 부릅떴다.

"천멸폭 오십 개가 북망동을 둘러싸고 있는 당신들 철갑기
마대의 발아래 묻혀 있지요."

"거, 거짓말. 천멸폭을 오십 개나 만들 수 있는 사람은 없
어!"

"내가 그걸 만들 수 있는지 없는지 네년이 어떻게 아느냐?
꺼억!"

역한 술 트림과 함께 사타구니를 벅벅 긁으면서 나타난 사
람은 뇌신통이었다.

오래전 금룡문이 천목산에 장원을 지을 때 폭약을 터뜨려
평탄 작업을 도와줬던 인물.

뇌신통의 등장으로 사태는 단번에 반전이 되었다.

환희방의 지원에 벽력궁(霹靂宮)의 마지막 전인 뇌신통의
재주라면 천멸폭 오십 개를 만들고 매설하는 것은 충분히 가
능한 일이었다.

"이제 공은 그쪽으로 넘어간 것 같구려. 껄껄껄."

야천왕이 능글거리는 말투로 흑룡부군과 궁마왕에게 말했
다.

자신의 제자가 모처럼 공을 세울 기회가 날아가 버리자 녹

수파파는 얼굴을 있는 대로 찡그렸다.

가장 연장자인 흑룡부군의 갈등이 가장 깊었다.

그가 사실상 회담의 결정권을 쥐고 있었기 때문이다.

그는 빠르게 머리를 굴렸다.

바야흐로 결단의 시점이 왔다.

그의 한마디에 적게는 수백에서 많게는 수천 명의 목숨이 달려 있었다.

모든 사람들의 시선이 흑룡부군의 입을 향하고 있었다.

장고 끝에 이윽고 결단을 내린 흑룡부군의 굳게 다문 입술이 천천히 열렸다.

『천산도객』6권 끝

간절한 갈망은 기적을 만들고
기적은 결코 만들어질 수 없는
연결 고리를 만든다.

그렇게 이어진 연결 고리.
그것은 새로운 시작이었다.

자, 일인군단(一人軍團)의
독보천하(獨步天下)가 지금부터 시작된다.

# 少林棍王

## 소림 곤왕

한성수 新무협 판타지 소설

## 감동의 행진을 멈추지 않는 작가 한성수!

구대문파 시리즈의 두 번째 이야기 『소림곤왕』!!
그 화려한 무림행이 펼쳐진다

"너는 지금부터 날 사부님이라 불러야만 하느니라.
소림사의 파문제자인 나, 보종의 제자가 되어서 앞으로 군소리없이 수발을 들고 모진
고통을 이겨내며 무공 수련을 해야만 한다."

잡극계의 천금공자 엽자건!
소림의 파문제자 보종의 제자가 되다!!

역사와 가상.
실존의 천하제일인과 가상의 천하제일인에 도전하는 주인공!
이제부터 들어갑니다. 부디 마음껏 즐겨주시기 바랍니다.
- 작가 서문 中에서.

# 覇君

## 패군

설봉 新무협 판타지 소설

**무협계를 경동시킨 작가, 설봉!
그가 다시금 전설을 만들어간다!!**

수명판(受命板)에 놓고 간 목숨을 거둔 기록 이백사십칠 회!
생사를 넘나드는 전장에서 매번 살아 돌아오는 자, 계야부.
무총(武總)과 안선(眼線)의 세력 싸움에 끼어들다!

"죽일 생각이었으면 벌써 죽였다. 얌전히 가자."
"얌전히. 그 말…… 나를 아는 놈들은 그런 말 안 써."
무총은 그를 공격하지 않는다. 공격할 이유가 없다.
다른 사람들은 그의 존재조차도 알지 못한다.
오직 한 군데, 안선만이 그를 안다.
필요하면 부르고, 필요치 않으면 버리는
철면피 집단이 다시 자신을 찾아왔다.

**나, 계야부! 이제 어느 누구에게도 휘둘리지 않겠다!!**

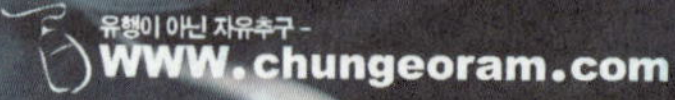

야차(夜叉) 新무협 판타지 소설

# 귀도풍운

원수를 가르치고 원수에게 배워…
서로의 심장에 칼을 겨누는 것이
숙명인 저주받은 도법,

## 수라도(修羅刀).

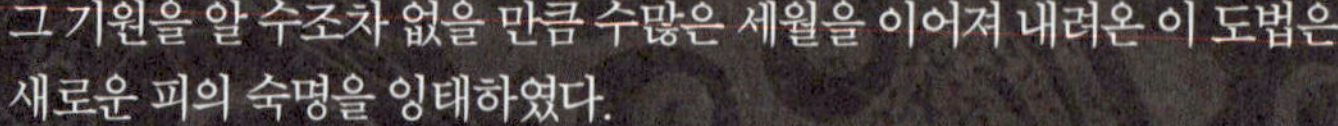

그 기원을 알 수조차 없을 만큼 수많은 세월을 이어져 내려온 이 도법은
새로운 피의 숙명을 잉태하였다.

저주받은 피의 고리를 끊어버릴 것인가,
체념한 채로 운명에 순응할 것인가.

유행이 아닌 자유추구 -
WWW. chungeoram.com
Book Publishing CHUNGEORAM